CAPTURÉE PAR LES BERSERKERS

LEE SAVINO

CAPTURÉE PAR LES BERSERKERS

Elle sera notre prisonnière. Pour toujours.

Il y a bien longtemps, une sorcière nous a transformés en monstres. Notre seul espoir est d'attendre la femme qui pourra lever la malédiction.

Un siècle plus tard, nous la trouvons. Saule. Notre miracle. Elle se cache dans une abbaye remplie d'orphelines, pendant que des hommes malfaisants complotent pour la vendre pour se marier.

Nous la ferons s'évader. Nous la libèrerons. Elle sera notre captive jusqu'à ce qu'elle réalise que nous sommes faits pour être ensemble.

Note de l'auteure : C'est une romance de type ménage HFH. Il n'y a pas de scènes H/H, juste DEUX guerriers, sexy et dominants, qui revendiquent la même femme...

SAULE

L'abbaye était installée sur l'arête d'une route courbée. Je suivis le chemin, me hâtant pour être sûre d'atteindre ses grandes portes en chêne avant que la cloche ne sonne pour les prières du soir. Quand le moine m'envoyait pour une course au village, il me faisait de sévères avertissements pour que je revienne avant le coucher du soleil. Ce soir, je ne me dépêchais pas pour échapper à sa punition, mais pour fuir la lune presque pleine. Je devais être bien cachée et à l'écart des autres, avant qu'elle ne se lève et amène la maladie sur moi.

Perdue dans mes pensées, je m'étonnai quand une ombre croisa mon chemin.

— Bonsoir, dit une voix grave et chaleureuse, juste dans mon dos.

Je laissai sortir un cri perçant et fis tomber mon panier.

Deux grands hommes se trouvaient au bord du sentier. Des guerriers, bien qu'ils ne portassent aucune arme que je pusse voir. Ils étaient tous les deux massifs, avec de larges épaules et d'épais bras musclés, et j'ignorais comment j'avais pu ne pas les remarquer à se tenir là debout jusqu'à ce qu'ils parlent. Même maintenant, ils semblaient se fondre dans la forêt mouchetée de soleil alors qu'ils se profilaient au-dessus de moi.

— Calme-toi, fille. Je ne voulais pas t'affoler.

L'un d'eux, un rouquin avec les cheveux au niveau de ses épaules, se baissa et ramassa mon panier.

— Tu n'as pas besoin d'essayer pour faire peur aux femmes, Leif, grogna le deuxième combattant. Ton visage les effraie assez.

Le roux, Leif, ignora son compagnon.

— Mes excuses.

Sa voix avait un étrange accent, mais une petite inflexion que je reconnus provenant des Highlands, la zone montagneuse à plusieurs kilomètres du monastère.

Les mains tremblantes, je pris le panier et le serrai fort contre ma poitrine. Les yeux des guerriers balayèrent ma silhouette de haut en bas, admiratifs qu'ils étaient d'une façon flagrante. Ils gardèrent leurs distances. S'ils bougeaient, je laisserais tomber à nouveau mon fardeau et filerais vers les portes de l'abbaye, une course que je perdrais sans aucun doute.

— Je ne t'ai pas trop effrayée ? demanda Leif en inclinant sa tête sur le côté.

Il avait un visage ouvert et honnête, et une cicatrice marquait son menton et de sensuelles lèvres pleines.

Quand je secouai la tête, il montra rapidement un sourire arrogant.

— Tu vois, Brokk. Elle est courageuse, cette petite chose. Je parie que c'est ton affreux visage qui lui noue la langue.

Il me fit un clin d'œil.

Je rougis.

— Ne l'embarrasse pas, marmonna Brokk.

Il était aussi sérieux que son partenaire était amusé.

— Et manquer les belles couleurs de ses joues ? Comme le bourgeon d'une rose.

Quand Leif sourit à nouveau, j'aperçus un rapide éclat de crocs. Ses canines étaient étrangement longues.

— Tu es charmante, fille.

Mes lèvres se séparèrent. Mon cœur papillonna follement, comme un oiseau pris dans les ronces.

Le deuxième combattant s'éclaircit gorge.

— Leif pense qu'il a un style avec les femmes. Je ne le laisserai pas te garder longtemps, m'assura Brokk, bien que je reculasse au mot « garder ».

Avec un bruit bas et apaisant, les guerriers bougèrent, en m'encerclant. Je me retrouvai entre eux, la tête tendue vers le haut pour assimiler un visage austère et une figure souriante.

J'empoignai plus fort mon panier. Courir n'était plus une option, mais pour une quelconque raison, je n'étais pas effrayée. Mon corps se réchauffa encore plus, répondant à la chaleur émanant de leurs corps musclés.

— Puis-je vous aider, messieurs ? grinçai-je.

Ma gorge était sèche, mais je réussis à sortir les mots. Peut-être que si j'étais polie, ils me laisseraient partir.

— Vis-tu là-bas ? questionna Brokk en faisant un signe vers l'Abbaye.

Ses traits étaient davantage émoussés que ceux du charmant Leif, sa voix rauque, mais gentille.

— Oui, monsieur.

— Quel est ton nom ? demanda Leif.

— C'est Saule.

Ma réponse fut si discrète qu'ils avaient probablement dû faire un effort pour l'entendre.

— Saule.

Leif roula mon prénom sur sa langue et je sentis un picotement entre mes jambes. Mes tétons palpitèrent.

— Saule, fit Brokk en écho et son visage s'adoucit, juste un peu.

La douleur dans mes seins augmenta et de l'humidité coula de mes lèvres inférieures.

Leif leva sa tête et inspira profondément. Brokk et lui me percèrent d'un regard, celui d'un prédateur contemplant sa proie désignée. Je chancelai entre eux, saisissant leurs yeux fixes brillant de jaune.

Mon désir scintilla de vie, suivi par de la peur.

— Je ne devrais pas être ici, lâchai-je. Je ne devrais pas vous parler.

Le moine nous avait averties, mes sœurs orphelines et moi, à propos des hommes étranges. Quand l'une de nous était attrapée à converser avec l'un du village, nous étions toutes punies.

De plus, le soleil se couchait. Il ferait bientôt nuit, et la soirée serait achevée par la pleine lune redoutée.

— Je dois vous laisser, chuchotai-je. S'il vous plaît.

Pendant un moment, je pensai qu'ils ne me permettraient pas de partir, mais Leif recula alors, m'offrant un passage dégagé vers l'abbaye.

— Prends soin de toi, Saule, dit Brokk d'un gentil grognement.

— Nous veillerons sur toi, ajouta Leif. Assure-toi d'arriver à la porte saine et sauve. Après tout, il y a des hommes dangereux aux alentours.

Mon cœur bondit dans ma poitrine, mais Leif me fit seulement un nouveau clin d'œil.

Pendant quelques secondes, ses yeux semblèrent pulser d'une lueur dorée. Elle s'estompa, laissant place à un homme à l'apparence habituelle. Ordinaire excepté son magnifique visage, son cou bien charpenté, sans parler des sublimes muscles étirant le justaucorps en cuir qu'il portait.

D'un petit hochement de tête, je gravis le reste du chemin

vers la maison. Je n'osai pas respirer jusqu'à ce que la grande porte en bois se ferme en claquant.

* * *

Le mur me supporta alors que je pressais une main sur ma poitrine, souhaitant que mon battement de cœur ralentisse. Je n'avais jamais eu une telle réponse auparavant pour un homme, pas même pour Joseph, l'apprenti forgeron du village qui me souriait toujours. Je tendis mes mains et les observai trembler. Quelque chose chez ces combattants, leurs yeux, leur façon de me regarder... mon corps bourdonnait et mon sang bouillonnait. Je sentis avoir attendu toute ma vie de rencontrer ces hommes.

Que m'arrivait-il ? J'aurais dû demander aux guerriers d'où ils venaient et quel était leur but. Ils ne m'avaient rien réclamé ni rien fait de plus que de chauffer mes joues et pousser mon cœur à toute allure.

La lumière filtra au travers des fenêtres colorées au-dessus de moi, teintant mes mains de rouge. J'étais une idiote. Ma rencontre ne signifiait rien. Les combattants étaient en voyage et avaient trouvé un bref divertissement en effrayant une fille maigrichonne. Aussitôt qu'ils auraient rigolé de la rencontre, ils m'auraient oubliée.

Moi ? Je penserais à eux et brûlerais pendant des jours. Mon corps était dément, une chose immorale.

Dans l'obscurité froide, je glissai le long du sol de pierre et traversai le sanctuaire, la tête baissée sous les regards de marbre des saints. J'avais visité assez le temple pour qu'ils soient familiers. Parfaits et hauts au-dessus de moi. Si j'étais une bonne fille, je ferais pénitence sur mes genoux pour avoir parlé à une telle paire d'hommes. Tandis que pour les pensées que j'avais eues quand j'étais piégée entre leurs grands corps bien charpentés... il n'y avait pas assez d'expiation au monde.

Sur un coup de tête, je posai mon panier et approchai le portrait de la Mère Marie. La statue se tenait devant l'autel, son expression sereine et pure. Quand j'étais plus jeune, je prétendais qu'elle était ma vraie mère. Dernièrement, j'avais imploré pour avoir des réponses, pour avoir du soulagement face à la maladie que j'endurais depuis que je fusse devenue femme. L'Église enseignait que la souffrance était le destin d'une femme. Même mes prières étaient immorales, la supplication désespérée d'une faible femme.

Pourquoi suis-je comme ça ? Combien de temps dois-je subir ça ? demandai-je, mais il n'y eut aucune réponse sur le beau visage sculpté.

— Saule, m'appela une petite voix.

Une jeune femme sortit sans bruit de l'ombre. Sauge, mon amie la plus proche parmi toutes les orphelines. Elle et moi avions été amenées à l'Abbaye à peu près en même temps, et bien que mes cheveux soient noirs et les siens clairs, nous aurions pu être sœurs.

— As-tu fini ta commission ?

— Oui, répondis-je en gardant ma voix basse pour qu'elle ne fît pas écho dans l'espace caverneux.

J'avais demandé une fois aux nonnes pourquoi les saints s'étaient mis à vivre dans une zone ouverte si belle quand ils partageaient des lits dans un dortoir. Cela prit quelques séries de discipline avant que je comprenne. L'Église donnait du luxe uniquement aux riches et aux morts.

— Viens-tu aux Vêpres ? demanda-t-elle.

— Non, je ne peux pas. C'est presque la pleine lune.

Sauge hocha la tête. Elle endurait la même maladie que moi, bien que la sienne arrive occasionnellement, alors que la mienne s'empirait tous les mois.

— Voilà, me dit-elle en me tendant un mouchoir enveloppé autour de quelques biscuits d'avoine.

Les nonnes ne nous autorisaient pas à manger si nous ne nous rendions pas aux prières, mais je devais être prête et m'éloigner pour souffrir en silence avant que la lune se hisse.

— Je dois encore rendre visite au moine, dis-je en faisant un geste vers le panier que j'avais rapporté pour lui.

— Je le ferai, dit Sauge en le ramassant.

— Il a été grincheux depuis que Noisette a disparu.

— Ça va, rassura Sauge en levant son menton.

Sans un mot, je soulevai sa manche et y examinai les contusions. Les marques pouvaient uniquement être causées par l'emprise d'un homme sur son fin bras pâle. Je savais qu'il y en aurait davantage sur ses jambes, mais elle détesterait davantage ma pitié que le contact illicite du moine.

— Le commerçant nous a fait un prix correct pour les herbes, l'informai-je en relâchant sa manche. Il veut davantage de teinture que tu as faite pour le mal de dos.

Avec un sourire serré sur son adorable visage, Sauge acquiesça et s'éclipsa. Je priai à nouveau, cette fois en espérant que le religieux serait content avec les biens qu'elle apportait. La laine et les tissages que les jeunes filles filaient, et les produits que nous moissonnions étaient nos moyens de paiement, bien que le moine trouve toujours un défaut. Sauge était la favorite du religieux. Il préférait les petites choses jeunes et blondes. Que Dieu soutienne les filles très jeunes si jamais il se fatiguait de Sauge.

Je me moquai de ma propre blague. J'avais vécu assez longtemps dans cette abbaye pour savoir que Dieu n'aidait pas les orphelines.

Un soleil rouge sombra dans le ciel alors que je me hâtai à travers les jardins. Les nonnes chantaient. Quand j'étais plus jeune, j'avais fermé les yeux et imaginé que ma mère chantait pour moi. Un joli rêve, parce qu'elle m'avait donnée aussitôt que je fusse née.

Je glissai derrière les buissons de mûrier et crochetai la serrure d'un vieil abri de jardin. À l'intérieur, derrière quelques tonneaux utilisés pour teindre du tissu, Sauge et moi avions enveloppé une chaîne et un lot de menottes autour d'un grand rocher. Dans quelques minutes, je m'attacherais là et attendrais que la fièvre prenne mon esprit.

La cabane était installée à l'arrière des bois, près d'un ruisseau gargouillant. Les bruits de la forêt étaient suffisants pour couvrir les gémissements qui échappaient ma gorge quand la fièvre atteignait son sommet. Personne ne devait être à l'extérieur si tard dans les jardins, mais juste au cas où, Sauge ferait de son mieux pour garder quiconque à distance.

Je posai les biscuits d'avoine, trop nerveuse pour manger. Je devrais m'agenouiller et prier. À la place, je fis les cent pas. Pendant les quelques prochaines heures, mon corps s'empourprait de chaleur et l'humidité s'échapperait de mon entrejambe. Je m'attacherais d'une telle façon que je ne serais pas capable de me toucher. La douleur deviendrait insoutenable, mon esprit lui, serait tourmenté de rêves de mains sur mon corps, caressant ma chair. Au matin, Sauge viendrait et me libèrerait de mon sommeil enfiévré.

Mon corps bouillonnait déjà, l'excitation résultant de mon bavardage avec les guerriers plus tôt. Juste penser à eux fit éclater de la ferveur en moi, une chaleur palpitante laissant un léger picotement humide entre mes jambes. La première étincelle qui tournerait en braise et allumerait le feu qui deviendrait une ardente fournaise sous le regard fixe de la pâle lune.

Un jour, j'aurais le courage de parler à un homme et flirter avec lui comme l'avait fait Leif avec moi. Nous nous glisserions dans la forêt et presserions nos corps de concert, ses grandes mains avides et possessives sur ma peau. Après coup, nous nous allongerions ensemble sur le sol des bois, enroulés aussi proches que des pétales sur un bouton de rose.

D'un soupir, je ramassai les menottes. Le fer froid piqua mes mains.

Un tintement de métal me fit m'immobiliser. Le son ne provenait pas des chaînes que je tenais, mais de l'extérieur. Quelqu'un était venu jusqu'à ma cachette.

J'attendis, retenant mon souffle, mais personne ne fit irruption dans la hutte. Le religieux était devenu plus bourru et suspicieux depuis que notre consœur orpheline Noisette, avait disparu. Elle était tout juste entrée en chaleur et était assez brave pour le défier. Nous avions supposé qu'il l'eût vendue à un mari, mais personne ne savait réellement. Le moine avait frappé Sauge quand elle avait eu le courage de demander.

La lueur du crépuscule brillait au travers des fentes de la cabane. La tombée de la nuit arrivait. Si j'étais attrapée maintenant, je pouvais mentir en disant que je cherchais un tonneau pour la teinture. Après avoir posé les menottes, j'ouvris la porte avec aisance, fis un pas dans la soirée faiblement éclairée et je m'immobilisai.

Des rangées de guerriers s'approchaient de l'abbaye. Ils bougeaient en faisant peu de bruit. Ils avaient tous des armes, des haches ou des dagues à leurs ceintures. La lumière mourante montrait leurs mains libres.

Je rassemblai mes pensées pour hurler. Une main rugueuse se ferma sur ma bouche. Je lâchai un cri étouffé.

— Bonjour, Saule, grinça une voix dans mon oreille.

Incrédule, je m'immobilisai. La voix et les bras fermes me menottant appartenaient au guerrier roux. Son ami aux cheveux noirs se tenait à côté de lui, un air sombre sur son visage.

— Sors de là, dit Brokk en faisant un mouvement brusque de la tête.

Mes protestations étouffées par la grande main de Leif, je donnai des coups de pied et luttai autant que je le pus. C'était inutile. Le combattant me ramassa facilement, les bras encore fixés autour de moi, et il me traîna dans les bois.

— Reste calme maintenant, fille, chuchota-t-il à mon oreille alors que des mèches auburn chatouillaient ma joue. Tu es en sécurité à présent. Le danger s'approche de l'abbaye, mais nous ferons sortir tes amies.

Mon front se plissa. Du danger ?

Quelle raison avaient les guerriers endurcis pour attaquer un monastère rempli de filles et de femmes innocentes ? Est-ce que le moine avait escroqué quelqu'un et s'était attiré la colère d'un chef ? Qu'arriverait-il à mes amies ?

Ma lutte fut futile. Les combattants me portèrent dans les bois, assez loin pour que les arbres obscurcissent ma vue de l'abbaye, sa tourelle brillant de la dernière lumière du jour. Je devins flasque contre lui. Il m'avait amenée si loin pour que je ne puisse pas m'échapper et prévenir Sauge. Elle serait dans le dortoir maintenant, lisant aux petites ou peut-être présentant une chope de bière au moine, avec un peu d'espoir il serait soûl pour la nuit. Aux alentours de minuit, elle s'éclipserait pour s'assurer que je me sentais bien. Elle ne me trouverait pas. D'ici là, elle serait également emmenée.

La poitrine serrée, je sanglotai contre la main de Leif.

— Shh, fille, tout va bien, dit-il en me posant, mais me garda fixée contre son large poitrail. Tu es en danger. Les autres femmes-spae et toi. C'est la raison pour laquelle nous sommes venus vous sauver.

Je laissai mes yeux se fermer et mes jambes pendre comme si je m'étais évanouie. Leif me soutint, mais quand il essaya de me retourner dans une étreinte moins bizarre, je me délivrai de ses bras.

Après quelques pas, il m'attrapa rapidement une nouvelle fois. Je devins folle, me débattant pour tenter de me libérer.

Pas pour moi, j'étais capturée et condamnée, mais si je pouvais m'approcher assez de l'abbaye et crier assez fort pour prévenir Sauge et les autres...

— Oh non, tu ne le feras pas, grogna Leif, me soulevant à nouveau.

Sa grande main se ferma autour de mon cou. Il pressa pour m'avertir, et bien qu'il ne coupât pas mon air, ce fut suffisant pour me faire taire. Brokk rôda près.

— Mets-la à terre. Vite. Attache-la. Nous ne pouvons pas risquer de prévenir les gardes qui pourraient être dans aux alentours.

— Reste calme, dit Leif en me secouant. Il ne te sera fait aucun mal si tu obéis.

Il m'épingla au niveau de mon ventre sur le sol de la forêt, tenant mes poignets dans le creux de mon dos. Avant que je puisse hurler, Brokk coinça quelque chose dans ma bouche.

— Ça se déroule de la façon que je souhaitais, marmonna Leif.

Je haletai et criai alors qu'ils finissaient de m'attacher. Leif s'assit avec moi dans ses bras.

— Voilà maintenant. En sécurité.

Je le fixai. Ce qu'ils avaient utilisé pour me bâillonner avait un goût plus amer que le cuir. Un grognement sonna dans ma gorge. Une fausse bravade, le reste de mon corps tremblait.

— Tu vas me combattre, Saule ? taquina le guerrier en retirant les cheveux de mon visage avec une gentillesse surprenante.

Je m'agitai, m'éloignant de son contact.

— Stop, commanda Brokk, s'accroupissant près de moi.

Son ordre fut suffisant pour m'immobiliser.

— Nous ne t'autoriserons pas à te faire du mal.

Quelque chose dans son ton et son regard me prévint de bien me comporter.

— Nous ne sommes pas là pour te faire du mal, répéta Leif.

Je clignai des yeux vers eux. J'étais ligotée et bâillonnée, et tremblante. Une jeune vierge capturée dans les bois par deux combattants. Mes membres étaient engourdis, ma peau couverte de chair de poule. Je portai une légère robe d'été et il y avait une fraîcheur dans l'air. Étrange pour une nuit tardive de la saison estivale.

— Tu voudras savoir pourquoi nous sommes ici, interpréta Leif. N'aie pas peur. Tout sera révélé.

Un cri fracassa l'air immobile. Il venait de l'abbaye.

— Mince, mince, s'exclama Leif en me transportant.

— Va au point de rencontre, lui dit Brokk avant de courir rejoindre les autres guerriers.

J'enfouis mes pieds dans la boue, mais Leif me plaça sur son épaule. Sa main fessa mon cul quand je commençai à nouveau à lutter.

— Pas de ça maintenant, dit-il.

Je fus de nouveau molle, l'envie de me battre ayant quitté mon corps. M'efforçant à lever la tête, je ne pus que regarder alors que Brokk et les autres guerriers avançaient pour attaquer ma maison.

* * *

Leif me porta facilement, marchant à grands pas en silence au travers des bois. Sa vitesse augmenta pour trottiner quand nous arrivâmes à un champ. Nous voyageâmes bien au-delà de là où j'avais déjà erré. Sauge et moi avions souvent parlé de nous enfuir, mais n'étions jamais vraiment allées plus loin que la cabane dont avions fait notre cachette.

La dernière lueur miroitait au travers des arbres quand le guerrier me déposa à nouveau. Je le regardai derrière l'écran de mes cheveux.

— De l'eau ? m'offrit-il en me tendant une petite gourde attachée à sa ceinture.

Je secouai la tête.

— Davantage pour moi.

Il vida l'outre, sa magnifique gorge s'activant alors qu'il avalait.

Quand il bougea pour me toucher, je me jetai en arrière avec suffisamment de violence pour laisser des sillons sur le sol.

— Shh, shh, calma-t-il. Je vais défaire le bâillon.

Il mit ses mains en l'air comme essayant d'amadouer une créature sauvage.

— Ai-je ta parole que tu ne hurleras pas ?

Je le fixai. Ses mots écorchèrent mon cerveau agité. J'étais prisonnière, attachée et à plusieurs kilomètres de ma maison, et à la merci de ce guerrier.

Leif s'agenouilla devant moi.

— Tu ne crieras pas, me dit-il. Si tu le fais, il y aura des conséquences. Je pourrais apprécier ces conséquences, mais je te promets que toi non. En plus...

Son ton se fit plus doux.

— ... même si tu hurles, il n'y a personne aux alentours pour t'entendre. Et personne ne te prendra à moi.

Pendant un instant, son regard s'assombrit. Je voulus me blottir en une petite boule.

À la place, je le laissai retirer le bâillon, puis je crachai à son visage. Il recula, clignant des yeux de surprise.

— Lâche, dis-je. Aimes-tu kidnapper des filles innocentes ?

Il essuya sa joue mouchetée.

— Oh, ouais, dit-il avec un sourire.

Il ne paraissait pas contrarié, davantage amusé par ma colère.

— Laisse-moi partir, sortis-je, luttant contre mes liens.

Je devais faire quelque chose. Ce combattant se profilait au-dessus de moi, surpassant de trois fois ma taille et entièrement fait de muscles. Il avait promis de ne pas me faire de mal, mais je devais être une imbécile pour lui faire confiance, n'est-ce pas ?

— Je vais te libérer, continua-t-il. Quand je serai sûr que tu ne t'enfuiras pas.

Je détournai ma tête un moment, je n'avais pas peur, pas de lui. Mes joues rougirent, mon corps s'enflamma à sa proximité. Sous le fin tissu de mon fourreau, mes seins semblaient lourds et gonflés, et je souhaitai pouvoir les dénuder à l'air de la nuit.

Quand je croisai le regard du guerrier, un électrochoc me traversa. Je fermai les yeux, mais trop tard pour en cacher la faim à l'intérieur.

Cette fois, quand il enleva les cheveux de mon visage, je ne me débattis pas.

— Que me voulez-vous ?

Même pour moi, ma voix paraissait grave et rauque.

Ses yeux dorés se délectèrent de ma silhouette. Son pouce frotta ma lèvre inférieure.

— Tout, murmura-t-il. Je veux tout ce que tu as à donner, et davantage.

LEIF

a petite prisonnière me lançait des regards furieux, un pli entre son sourcil. Sa moue ne gâchait en rien sa beauté. Ses cheveux noirs encadraient son agréable visage, ses membres et les courbures de son corps étaient charmants et plaisants, mais c'était son caractère qui me rendait dur comme une pierre.

— Tout ce que tu as à donner, lui dis-je.

Elle ne pouvait pas savoir ce que je voulais dire, bien sûr. Mais je ne pouvais pas m'empêcher de dire la vérité. Son voyage jusqu'à sa complète soumission avait commencé au moment où elle était arrivée en notre possession. Le plus tôt elle comprenait, plus facile cela serait.

Notre ami Knut nous avait mis au courant, Brokk et moi, sur la façon dont cela se passerait quand nous prendrions une compagne.

— Vous devez la courtiser, nous avait dit le guerrier bourru. Dites des choses douces et adorables. Soyez gentils.

Mais, dans le feu du sauvetage, la bête avait bondi en avant, notre nature de base bataillant pour s'affirmer et la revendiquer. Même maintenant, je luttai pour m'empêcher de la jeter par terre et enfouir ma bite en elle. La bête voulait marquer notre femme, la lier à nous avant de la ramener à la maison avec la meute. Si elle ne se liait pas avec nous d'ici là, les Alphas pourraient ne pas nous permettre de la garder…

— *Du calme, frère*, apaisa Brokk sur le lien avec mon esprit. *Tu dois garder le contrôle.*

Je ravalai ma réplique. Brokk avait raison. Son emprise sévère sur la bête m'avait maintenu sain d'esprit toutes ces années.

— *Es-tu sûr que c'est la bonne pour nous ?* demanda-t-il, la teinte d'optimisme dans son ton m'empêchant de répondre en grognant.

Dans mon imagination, je vis la scène devant lui. Brokk s'attardait près du cabanon où nous avions trouvé notre précieuse prisonnière, observant les Berserkers enlever leurs femmes élues. Quelques-unes des femelles venaient dans le calme, blotties dans les bras de leurs ravisseurs. D'autres pleuraient alors que les Berserkers les emmenaient. Quelques rares se battaient, leurs luttes rapidement vaincues par les guerriers massifs.

— *Il y a de nombreuses femmes parmi lesquelles choisir,* fit remarquer Brokk.

— *Tu sais aussi bien que moi que son odeur nous a appelés. Et son courage aussi, bien qu'il se cache sous une fausse docilité. Cette fille est forte.*

— *Apprends-en plus sur elle.*

Brokk coupa notre connexion avant que je puisse répondre. Je ne laissai pas son impolitesse me froisser. Mon frère d'armes et moi n'avions pas été d'accord de nombreuses fois au fil des années, et j'avais gagné la plupart des querelles. Bientôt, il partagerait mon assurance que Saule nous revenait. Toujours prudent, il voulait s'assurer que nous avions trouvé la bonne compagne.

— *Les partenaires sont pour la vie,* me rappela-t-il. *Nous devons être sûrs que nous choisissons la bonne.*

— *Et nous en désirons une forte. Une qui sera capable de porter nos enfants,* lui répondis-je. *Des fils, et quelques filles aux cheveux roux pour me faire grisonner.*

Son gloussement réticent résonna sur le lien entre nos esprits, me satisfaisant.

La fille était toujours assise sur le sol de la forêt, sa tête inclinée sur le côté alors qu'elle me regardait.

Je dégainai mon couteau et elle blêmit.

— Tranquille, fille.

Je tombai dans l'inflexion des Highlanders. Brokk et moi, comme la majorité des Berserkers, étions originaires des Terres du Nord, mais après nous être installé sur l'île, j'avais remarqué préférer le modèle d'élocution des montagnards. Une fois que j'eus coupé les liens en cuir que nous avions utilisés pour la ficeler, Saule se détendit. Je pris ses bras et frictionnai ses poignets, aux petits soins sur les marques rouges.

— Si tu ne t'étais pas débattue, nous ne t'aurions pas atta-chée, lui fis-je observer en tournant sa main et en plaçant un rapide baiser sur son pouls. Bien sûr, si tu n'avais pas lutté, j'aurais eu plus de difficultés à convaincre Brokk de te choisir.

— Me choisir ?

— Ouais, confirmai-je. Pour être notre compagne.

Elle se rapetissa sur elle-même, pâlissant sous ses taches de rousseur. Je n'aimais pas son expression terrifiée.

— N'aie pas peur, la calmai-je, alors même que ma bête se battait pour la domination, bondissant vers l'avant pour protéger la femme effrayée. Brokk et moi prendrons soin de toi. Même maintenant, il se demande ce qui fait que je sois si sûr que nous pouvons nous lier... mais je sais que tu as la force pour être notre femme.

Je tendis l'outre, un gage de réconciliation. Quand elle la prit, mes doigts touchèrent les siens. L'air se remplit de son parfum.

— Brokk me taquinera d'avoir établi si tôt le campement, mais je veux mettre un peu de nourriture en toi et te donner une chance de mieux nous connaître avant de continuer notre voyage. Quelque chose en toi nous appelle. Tu le ressens aussi, hein ?

Elle pressa ses lèvres ensemble.

— Têtue. Pas besoin que tu parles. Je peux sentir la vérité.

Baissant la tête, elle essaya de cacher son rougissement.

— *Elle est presque en chaleur,* fis-je observer à Brokk. *Je me demande si elle le sait.*

— *Demande-lui.*

J'ouvris ma bouche et fus frappé au visage avec la gourde. Quand je me précipitai sur mes pieds, ma petite prisonnière avait bondi sur les siens et avait foncé dans l'épaisse forêt.

SAULE

*L*e battement de mon cœur martelant dans mes oreilles, je rentrai dans la forêt. Derrière moi, le roux grogna et je fonçai dans d'épaisses broussailles, pieds nus. Le moine n'aimait pas dépenser de l'argent pour les orphelines, et mes pieds étaient devenus insensibles à force de sortir sans chaussures tous les étés. J'avais désiré courir à travers ces bois. Quelques mois avant que Noisette disparaisse. Sauge, elle et moi avions commencé à faire la course, nous entraînant pour le jour où nous nous échapperions.

— Mauvaise idée, fille, grogna le combattant dans mon cou.

Je criai et esquivai au détour d'un arbre, me baissant sous les ronces. J'entendis jurer Leif et le déchirement du tissu. Je ferais mieux de m'enfuir, car, à présent, la punition qu'il avait promise serait plus sévère.

Ma course zigzagua au travers de la forêt jusqu'à ce que je surgisse sur des rails de train. Mes pieds pilonnèrent le chemin, m'arrêtant en arrivant à un carrefour. L'un d'eux me conduirait à l'abbaye. Je pouvais y retourner et prévenir mes amies avant d'être à nouveau capturée. Ou je pouvais continuer et voir combien de temps je pouvais rester libre.

J'hésitai.

— Je t'ai maintenant, dit le guerrier en se lançant sur moi.

Nous nous bagarrâmes. Il me mit au sol puis me jeta sur son épaule une nouvelle fois.

Hors de moi, je le mordis jusqu'à avoir le goût du sang.

— Stop.

Il appliqua sur mon cul une gifle détonante qui réverbéra jusqu'au fond de mon être. Je hurlai, et l'endroit entre mes jambes pulsa.

— C'est ça, dit-il, pressant ma fesse d'une ferme étreinte. J'ai davantage de fessées pour toi, si tu ne te comportes pas bien. Tu es revenue sur ta parole.

Je luttai et il me déposa, assez fort pour enlever le souffle de mes poumons.

— Tu apprendras, dit-il en enveloppant les liens de cuir à nouveau autour de mes poignets.

— Oh, s'il te plaît, lâchai-je.

— Maintenant tu supplies ?

Il ficela mes mains devant moi et ferma une lanière de cuir autour de mon cou avant de la prendre fermement dans son poing. Il tira un peu dessus.

— S'il te plaît, ne fais pas ça.

Mes joues chauffèrent. Attachée, humiliée, je ressentis de l'excitation remuer mes entrailles. La lune se leva dans le ciel s'assombrissant. Mes chaleurs seraient bientôt sur moi. Je devais m'enfuir.

— Je serai sage.

— Ouais, tu le seras. En laisse et prise au collet à mes côtés, me déclara-t-il en me conduisant en avant par la longe en cuir, ses magnifiques traits aiguisés et sévères. Je t'entraînerai pour être à ma disposition et à me remercier pour ce privilège.

— J'irai avec toi, dis-je en saisissant la sangle entre nous. S'il te plaît, dis-moi juste si mes amies sont en sécurité.

Il cligna des yeux.

— Ouais, fille, répondit-il. Elles sont protégées. Ne t'inquiète pas. La meute veillera sur elles.

Je fermai les yeux.

— Alors j'irai avec toi et l'autre et ferai ce que vous direz. *Pour le moment.*

Une pause et j'ouvris les yeux pour découvrir le guerrier étudiant la corde autour de mon cou. Il prit une bague de bras en argent sur son biceps, tordit le métal pour l'ouvrir et le refermer à nouveau autour de ma gorge. L'argent apaisa ma peau, mais le reste de mon corps rougit, des picotements courant en moi à son contact et son attention.

— Voilà.

Il défit la laisse et la fixa à la place sur le métal. Un collier et une longe, comme une chienne. Et mon traître de corps devenait excité.

Mes mains se retroussèrent en poings, mais même si je pouvais vaincre un tel guerrier, je ne pouvais pas le combattre en même temps que mes désirs.

Leif fit un pas en arrière avec un sourire suffisant.

Ma mâchoire se serra.

— Combien de temps alors dois-je rester votre prisonnière ?

— Pour toujours, me répondit-il en me tirant vers l'avant, bien que je m'enfonçasse sur mes talons.

Il inclina sa tête sur le côté.

Je mordis ma lèvre. J'attendrai mon heure et planifierai ma fuite.

— Viens, fille.

Alors qu'il me menait en avant, je jetai un coup d'œil en arrière, mais ne pus apercevoir la tour de l'abbaye. C'était amusant la fréquence à laquelle j'avais rêvé de partir et à présent, le guerrier m'embarquait.

— D'un esclavage à un autre, murmurai-je.

— Compagne, pas esclave, corrigea Leif. Brokk se demande pourquoi ma bête t'a choisie, mais c'est simple pour moi. Tu es une fille courageuse.

Je fis un brusque mouvement de la tête pour démentir, et il sourit.

— Si tu l'es. Tu as assez de combativité pour nous faire face.

Il baissa sa tête à proximité de la mienne.

— J'aime ça quand tu luttes, dit-il en me tapant sous le menton avant de reculer et de tirer sur la longe. Maintenant. Nous marchons.

Je le suivis. Il s'arrêta et avança quelques fois, comme s'il me testait. Je pensai à me détacher, mais je restai, aussi obéissante que je l'avais promis. J'attendrais une opportunité pour m'enfuir.

Je léchai mes lèvres plusieurs fois avant d'oser parler.

— Où m'emmenez-vous ?

— À la maison, sur la montagne de la meute, indiqua-t-il. Cependant, ce soir nous le passerons entre nous dans les bois.

L'obscurité s'installa sur nous. La lune commença son ascension.

— Pourquoi étais-tu seule dehors dans ce cabanon ? demanda-t-il.

— Je me cachais des nonnes et du moine.

Je continuai avant qu'il demande pourquoi.

— Que ferez-vous avec eux ?

— Le religieux et les femmes ?

— Oui.

— Certaines religieuses sont aussi des femmes-spae. Les Berserkers les feront prisonnières. Le reste sera libéré, à moins qu'ils soient jugés coupables de vous avoir maltraitées, les autres et toi. Si c'est le cas, ils seront punis. Peut-être même abattus.

Je trébuchai et il attrapa mon bras, le tenant jusqu'à ce que je me retire d'un coup sec.

— Et le moine ? questionnai-je en pensant qu'il avait malmené une grande partie d'entre nous.

Dans l'obscurité, ses yeux brillèrent.

— Nous verrons, déclara-t-il d'un ton qui devint sombre. Es-tu inquiète de son destin ?

— Je m'inquiète du mien, répondis-je. Ainsi que de celui de mes sœurs orphelines.

— N'aie pas peur pour elles. Elles sont en sécurité à présent... pour toujours.

— En tant qu'esclaves.

Il s'arrêta sur ses pas et se tourna, me surpassant. Je fis un mouvement en arrière.

— Écoute-moi bien, fille. Elles sont plus en sécurité maintenant qu'elles ne l'ont jamais été. Elles sont sûrement effrayées ce soir, mais les combattants qui les ont revendiquées s'occuperont de tous leurs besoins.

Un picotement de chaleur s'enroula en moi.

— Comment pouvez-vous dire ça ? Vous êtes venus dans la nuit et vous nous avez enlevées de notre maison.

— Et pourtant, je ne sens aucune peur, dit-il. Ton odeur ne peut pas mentir. Elle me dit que tu es... désireuse.

Je rougis, espérant pouvoir le cacher de son regard intense. Une nouvelle fois, mon corps m'avait trahie.

— Il n'y a rien dont avoir honte, fille, indiqua-t-il en levant mon menton d'un doigt. Tu es prête pour tes partenaires et tu nous veux. Bientôt, tes chaleurs te revendiqueront.

— Comment le savez-vous ? questionnai-je en léchant mes lèvres, jetant encore une fois un coup d'œil vers la lune.

— À quelle fréquence viennent-elles sur toi ? Les fièvres.

— Une fois par mois.

— Alors tu t'enchaînes dans le cabanon.

J'acquiesçai.

— Je dois le faire. Une autre fille, elle s'est libérée. Le moine a dû aller au village pour la poursuivre. Il nous a toutes punies et nous ne l'avons plus jamais vue.

Ou Noisette, qui avait disparu sitôt après nous avoir dit que le moine s'était débarrassé de la fille pleine de luxure.

BROKK

E lle le combat, dit Leif dans mon esprit.

—   Je levai ma tête. L'obscurité était tombée sur l'abbaye, seule une fenêtre contenait de la lumière. Quelques Berserkers s'attardaient, vérifiant si des femmes-spae erraient encore. Ils avaient attaché les nonnes restantes et veilleraient sur elles toutes la nuit, les libérant au petit matin. Nous avions la nuit pour ramener nos compagnes à la montagne.

— *Elle est déjà dévorée par la chaleur d'accouplement, mais cela pourrait prendre plus longtemps pour la convaincre qu'elle est à nous.*

— *Nous n'avons pas le loisir de jouer. Tu penses qu'elle est notre partenaire, tu traites avec elle. Tu es un baratineur, Leif. Utilise ça.*

Le silence. Les dernières saisons, Leif et moi avions été de plus en plus en désaccord, nos bêtes nous poussant à être en colère. Une compagne apaiserait nos deux caractères. Elle devrait le faire. Si la bête de Leif ou la mienne se libérait, aucun de nous deux n'y survivrait.

— *Nous devons retourner à la montagne*, essayai-je de

raisonner mon frère d'armes. *Le sorcier qui a rassemblé toutes les femmes pourrait venir les chercher.*

— *Elle a peur. Le moine qui surveillait les femmes-spae les a punies parce qu'elles entraient en chaleur. C'est la raison pour laquelle elle se cachait.*

La colère flamba en moi.

— *Le religieux reste à l'abbaye. Rolf et Thorbjorn le questionnent encore. Laisse-moi leur demander si c'est vrai.*

La réponse de Thorbjorn vint étouffée de rage.

— *C'est pire,* rapportai-je à Leif. *Le moine a maltraité quelques-unes de ses pupilles et les a utilisées, puis les a vendues au Roi Cadavre.*

Pendant un moment, nous luttâmes pour contenir nos bêtes courroucées. De la fourrure germa le long de mes bras alors que je commençais à accomplir la Transformation.

Leif m'envoya une impression persistante, la femme Saule se tenant attachée fermement à ses côtés. Si petite et courageuse, son menton levé et à l'opposé, elle laissait Leif la guider au travers de la nuit qui s'assombrissait.

— *Nous la protègerons,* dit Leif. *Elle est en sécurité à mes côtés. Elle oubliera sa peur alors que nous l'habituerons à nos caresses.*

Ma bête se calma. Bien que je brûlasse encore à la pensée que n'importe quel homme mette ses mains sur notre femme sans sa permission, je sus que Leif la protègerait.

— *Le moine est proche de son dernier souffle,* déclarai-je à Leif. *Même maintenant, j'entends ses cris et ses supplications pour notre clémence. Rolf et Thorbjorn ne lui en montreront aucune.*

Un moment plus tard, les hurlements cessèrent.

— *Brokk,* m'interpella une voix grave.

— *Thorbjorn,* répondis-je. *Les as-tu toutes fait sortir ?*

— *Toutes, sauf une petite fille blonde qui manque à l'appel. Son nom est Sauge.*

La chaleur dans son ton me dit qu'il était déjà amoureux.

— *Sois certain de la revendiquer comme la tienne avant de revenir à la montagne.*

Souriant, je retournai vers les bois en trottant quand une odeur de pourri atteint mon nez.

Je m'arrêtai sur mes pas et allai vers les murailles du jardin.

Une légère brume s'approchait tout doucement de la route, devant une centaine de formes chancelantes.

Des draugr. Les serviteurs du Roi Cadavre venaient pour nos femmes. Je me liai à la meute.

— *L'ennemi arrive. Sortez maintenant !*

SAULE

*P*endant que le guerrier s'affairait à allumer un feu, je me blottis à côté de lui, les bras attachés et les jambes entravées. Même s'il m'avait ficelée, il avait veillé à mon confort, étendant un sac de couchage pour que je m'asseye et sortant quelques biscuits d'avoine de son paquetage, ainsi qu'une peau de loup soyeuse.

La fraîcheur s'était dissipée, laissant une nuit chaude et belle, pourtant je tremblai. Pas de froid. La lune grimpait et bientôt la fièvre me prendrait. Je serais sans défense dans son étreinte, mes entrailles palpitantes, de la sueur dégoulinant le long de mon front alors que je gémirais de soulagement…

— Doucement, fille, dit Leif sans lever les yeux. Je peux sentir ton excitation d'ici.

Pressant mes jambes ensemble, je lâchai sortir un petit geignement.

— Ne me laisseras-tu pas partir ?

Il croisa mon regard un instant. Tout espoir mourut en moi en voyant la faim y brûlant. Je m'affaissai dans mes liens. Bientôt, je ne serais plus capable de le supplier pour me libérer. Le désir dans mon corps correspondrait au sien, prenant le contrôle sur mon esprit, consumant même mon âme. Combien de nuits avais-je rêvé qu'un homme comme lui vienne me rassasier ? Il m'avait trouvée dans l'obscurité, son contact gentil et puissant. Tout dans sa silhouette fermement musclée me satisferait. Nous nous étendrions ensemble, chaque caresse serait une promesse secrète trop précieuse pour que nos bouches la prononcent. Le matin nous découvrirait entortillés ensemble, moi en sécurité dans ses bras.

Mon soupir sortit comme un petit gémissement.

Quand je levai à nouveau la tête, les yeux du combattant brillaient de doré.

— Continue comme ça, fille, et je te ferai te mettre sur ton dos en une seconde. Tu verras. Nous avons fait un serment de ne pas te toucher jusqu'à ce que tu sois prête, mais un homme ne peut pas en supporter tant.

Je glissai ma tête vers le bas, luttant pour tout garder à l'intérieur, alors même qu'une goutte d'humidité courait le long de ma jambe.

— Ce n'est pas ma faute, chuchotai-je.

Mais la lune s'élevait plus haut. Quand la chaleur viendrait sur moi, comment l'expliquerais-je ?

— Brokk ferait mieux de bientôt revenir, grommela le guerrier tout en continuant à alimenter le feu.

Il avait une jolie allure dans la faible lumière, l'homme le plus beau que j'avais vu. De longues jambes, de larges épaules, le profil aiguisé et élégant.

— Vous avez fait un serment ? demandai-je en léchant mes lèvres.

— Ouais, confirma-t-il alors qu'un muscle tressaillait dans sa joue. Nous l'avons tous fait.

Il se mit debout et je remarquai le contour de son membre faisant pression dans sa culotte.

Le guerrier éclaircit sa gorge et je me forçai à lever les yeux.

— Que voulez-vous faire de moi ?

Leif écarta ses lèvres comme pour répondre, puis tourna la tête d'un coup sec vers la droite. Une seconde plus tard, il se redressa en bondissant, frappant le feu du pied pour l'éteindre.

— Viens, fille, s'exclama-t-il en tailladant mes liens et me relevant.

— Qu'est-ce qu'il y a ?

— L'ennemi.

De la fumée sortait en panache du brasier mourant et le contenu de son sac était éparpillé, mais Leif ne s'arrêta pas. Il me poussa devant lui, nous poussant tous les deux dans la forêt. Je m'écriai quand les branches déchirèrent mes bras, mais il ne ralentit pas.

— Quel ennemi ?

Leif me conduisit à la route. Je l'entendis alors, le sifflement. Je plissai mon nez à la puanteur de la chair en décomposition.

— Le Roi Cadavre, dit Leif en me tirant pour traverser la route en vitesse. Il vient pour toi.

LEIF

— *Ils sont là*, envoyai-je à Brokk. *Je les sens s'approcher par la route.*

— *Ils sont aussi dans mon dos*, jura Brokk. *Nous sommes encerclés.*

J'attirai la femme pour nous accroupir derrière un rocher. Avec notre fuite interrompue, nous devions trouver un endroit pour nous cacher. Comment étaient-ils arrivés ici si vite ?

La zone devait être sous surveillance. Pas grave. Nous devions chercher un moyen de sortir Saule.

— *Tu vas pas te disputer avec moi sur le fait qu'elle soit ou pas notre compagne ?* blaguai-je, mais Brokk répondit, direct et sérieux comme d'habitude.

— *Plus tard. Quand il y aura le temps.*

Je ne discutai pas. Je ne devrais pas être surpris que Brokk affiche une résistance envers notre toute nouvelle partenaire, bien que la dernière fois où nous ayons eu une femme remontait à très longtemps.

— Quoi... commença Saule, et je fixai une main sur sa bouche.

— Silence. Quelque chose arrive.

La cachette que j'avais choisie me donnait un aperçu de la route. De la brume balayait l'ancien chemin, bizarre pour une nuit si belle et chaude. Je murmurai un juron. Le Roi Cadavre avait des sorts pour contrôler la météo.

— Sois très silencieuse, fille, dis-je en forçant sa tête à se poser contre ma poitrine. Je sais que tu ne me fais pas confiance, mais il y a un mal en ce monde au-delà de ton imagination, et je ferai de mon mieux pour t'en protéger.

Au lieu de résister, elle se déplaça plus près de moi. Elle rentra la tête en bas et je caressai ses cheveux pour l'apaiser.

Une autre minute passa et le brouillard sur la route s'épaissit. Le sifflement devint plus fort. Qu'importe ce qui venait vers nous, cela sembla filer à côté, bougeant plus rapidement que les Hommes Gris de ma connaissance.

La fraîcheur rampa de haut en bas de ma peau.

— Baisse-toi, fille.

Je poussai Saule au sol et je la couvris avec mon corps. L'air sur mon dos devint froid. Je m'étranglai à l'épaisse puanteur de décomposition. Au-dessus de nos têtes, les arbres grincèrent, sous pression face à la brise infectée. La bête en moi poussa vers l'avant, prête à combattre contre le mal s'étendant au-dessus de nous.

J'attendis jusqu'à ce que le vent meure et la forêt s'immobilise une nouvelle fois.

— Très bien. C'est passé.

À mes côtés, Saule haletait, son battement de cœur tel un roulement effrayé.

— Qu'était ce truc ?

— Je ne sais pas, lui dis-je. Le Roi Cadavre a un grand pouvoir.

— Très bien.

Ses dents claquèrent ensemble à cause du froid soudain. Je souhaiterais avoir la peau à jeter autour de ses épaules, mais je l'avais laissée dans ma hâte de fuir. Quelle imprudence de nous croire assez en sécurité pour nous arrêter pour la nuit.

Ma main enleva les cheveux du visage de la femme. Si je me concentrais, je pouvais presque ressentir le passage de son sang dans son corps, le parcourant délicieusement et librement telle une rivière jusqu'à la mer. Si je posais ma bouche sur sa gorge, son pouls papillonnerait sous ma langue, invitant la piqûre de mes crocs.

Ma colonne picota, mes membres fourmillèrent de la magie de la Transformation. La rage me remplit, brûlante et savoureuse, un flux de puissance corrompue me changeant en une bête assez forte pour déchiqueter les draugr, et davantage. Je clignai des yeux et ma vision devint rouge. Un nouvel ennemi se trouvait dans le petit bois avec nous, déchirant et griffant pour échapper à la cage de mon esprit.

— *Brokk*, le joignis-je. *J'ai besoin de toi.*

Nous avions passé plus d'un siècle à nous aider l'un et l'autre pour maîtriser nos bêtes. Il savait ce qui arriverait si ma bête prenait le dessus, et il ne me rejetterait pas, même si nous n'étions pas d'accord sur notre compagne.

— *J'arrive, frère.*

Je le sentis entrer dans la forêt, désespéré de parvenir à moi à temps.

— *Accroche-toi. Ne perds pas le contrôle.*

J'enfonçai mes ongles dans mes paumes, ressentant la piqûre alors qu'ils se changeaient en griffes telles des rasoirs. Plus d'une centaine d'années à attendre la femme qui pourrait lever la malédiction, et à présent qu'elle se trouvait là à mes côtés, c'était peut-être trop tard.

SAULE

— *R*este ici, grogna Leif et il bondit sur ses pieds, puis attacha ma longe à un petit arbre. Et reste silencieuse, qu'importe quel mal tu vois.

— Attends, criai-je.

Quelque chose changea. Sa forme fut voûtée et rigide, chaque muscle se tendit.

— Vas-tu les combattre ?

Il fit une pause en me tournant le dos.

— As-tu peur pour moi, fille ? questionna-t-il de sa voix gutturale râpeuse, qui était modérée d'une touche de taquineries.

J'enlaçai mes genoux au niveau de ma poitrine. Je devrais vouloir échapper à ce guerrier, mais je ne voulais pas qu'il parte.

— N'aie pas peur, petite prisonnière. Je vais explorer la zone et revenir. Si tu restes là, je peux te protéger.

Il se volatilisa dans la forêt.

Seule, je m'assis dans un voile de silence. Les bruits normaux de la nuit, le grincement des insectes, le hululement d'une chouette s'estompèrent. La crainte était suspendue dans l'air.

L'obscurité m'oppressant, j'attendis, blottie à l'endroit où le guerrier m'avait laissée. Je pouvais m'échapper si je défaisais la longe, mais mon instinct me dit de rester immobile. Même si je fuyais, le combattant me traquerait, et il semblait plus dangereux que n'importe quel autre ennemi, même que le Roi Cadavre dont il avait parlé.

Une ombre bougea à mes côtés. Me redressant subitement, je hurlai, mais une main ferme claqua sur ma bouche, étouffant le bruit.

— Silence, murmura une voix dans mon oreille.

Brokk.

Je m'affaissai contre lui, sanglotant presque de soulagement. Son odeur remplit mes poumons, douce et alléchante. Pressé contre sa solide poitrine, mon corps se souvint de son excitation.

Il laissa tomber son sac sur le sol et examina ma longe.

— Leif est parti, chuchotai-je.

Défaisant ma sangle de l'arbre, il s'accroupit, m'attirant vers lui sous l'abri d'une ciguë. J'obéis, retenant mon souffle.

Contrairement au guerrier roux, Brokk n'offrit aucun mot gentil, aucune caresse rassurante. Ces hommes m'avaient capturée, pourtant j'attendais d'eux du réconfort. Leif avait clairement dit que je lui plaisais. Brokk lui, ne semblait pas m'apprécier.

Immobile, je me déplaçai plus près de lui, me sentant plus en sécurité à ses côtés.

— C'est si silencieux, chuchotai-je après quelques lourdes minutes. Il n'y a pas d'oiseaux.

— Ils ressentent la présence du mal, répondit Brokk.

— Quelque chose s'est approché sur la route, gémis-je. Je ne pouvais pas voir, car Leif me recouvrait, mais je l'ai senti. Il a dit que ça venait pour moi.

Ma voix mourut en un couinement effrayé.

— Je sais, Saule.

Son ton resta strict, mais il tira la laisse, m'attirant dans une position agenouillée à ses côtés. Je me détendis dans le refuge de son grand corps.

— C'est après moi ?

— Oui. Chut.

Nous attendîmes en silence jusqu'à ce que Leif se glisse à côté de nous.

— Tu as pris le sac de couchage ? grinça-t-il.

Ses yeux étincelaient d'une lueur dorée surnaturelle.

— Tout. Ils peuvent peut-être encore suivre son parfum.

Brokk hocha la tête vers moi et je me sentis honteuse.

— Nous devons retourner à la montagne.

— Trop tard à présent, dit Leif. J'ai exploré, et il y a une autre force de draugr qui descend la route. Comment a fait le Roi Cadavre pour savoir que nous avions fait une rafle à l'abbaye ?

— Le moine a fait passer le mot, essayant de sauver son misérable cul, grogna Brokk. Rolf et Thorbjorn l'ont pourchassé, mais il s'est enfermé dans l'arrière-cuisine et a fait un petit sortilège pour alerter son maître avant qu'ils démolissent la porte. Ses manigances ne l'ont pas protégé.

— Est-il mort ? lâchai-je.

— Ouais, me répondit Brokk. Nos confrères combattants s'en sont chargés.

Mon souffle sortit d'un coup. Le cauchemar qui avait hanté mes jours était parti. Mais, Sauge et mes amies étaient tombées entre les mains de ces étranges guerriers.

— Nous devons nous en aller. Ils viennent, dit Leif.

Je le laissai m'attirer à proximité. Ses mains glissèrent autour de moi, son contact déjà familier.

— Nous nous cacherons jusqu'à être sûr que les Hommes Gris ne nous suivront pas.

— Les Hommes Gris ? demandai-je.

— Ce sont des cadavres, dit Brokk. Des hommes, à un pas derrière le voile de la mort, animés par le pouvoir malfaisant d'un sorcier.

— Comment est-ce possible ? chuchotai-je.

— C'est un ancien roi porteur de vieille magie.

Leif m'empoigna plus fermement, et je me blottis dans ses bras, mes doigts agrippant son muscle lisse. Son odeur m'entoura, un mélange agréable de fumée de bois et de menthe sauvage, avec une touche d'épices.

— Il a été vaincu et enfermé dans un état proche de la mort, mais a trouvé une façon de combattre avec le temps. Telle une araignée attirant sa proie dans sa toile, il a envoyé son pouvoir pour créer ces Hommes Gris. Ils ont convaincu d'une certaine manière le moine de faire selon ses envies. Le Roi Cadavre revient à la vie.

— Il a trouvé une nouvelle source de puissance et il part à sa poursuite, dit Brokk.

— Quelle source ? demandai-je.

— Toi, indiqua Brokk en jetant un regard en arrière, son œil brillant d'une lumière jaune.

LEIF

— *A rrête de lui faire peur,* envoyai-je à mon frère d'armes en fronçant les sourcils.

— *Elle doit savoir la vérité.* Nous devons repérer de l'eau, dit-il tout haut. Les Hommes Gris n'aiment pas ça.

— Il y a un marais à proximité.

Nous connaissions le terrain grâce au temps que nous avions passé à surveiller l'abbaye.

— Cela pourrait être suffisant. Mais nous ferions mieux de trouver une rivière, ou encore mieux, un lac.

La respiration de Saule sortait en halètements irréguliers alors que nous nous enfuyions au travers des bois. Brokk ouvrit la marche, et je la fermai, touchant souvent Saule pour la rassurer.

Le fourré fit place à un carré parsemé de roseaux et d'eau vaseuse. Nous entrâmes, choisissant notre chemin sur le terrain détrempé. La boue aspira mes bottes et je ravalai un juron. Si nous étions chanceux, le marécage serait suffisant pour dissuader les serviteurs du Roi Cadavre.

Brokk s'arrêta puis se tourna avec un doigt sur ses lèvres.

— *Davantage de draugr devant.*

Le vent soufflant dans nos visages apportait leur odeur.

— *Ils nous encerclent. À moins que nous traversions le marais, nous devons nous accroupir et espérer que les Hommes Gris ne nous sentent pas.*

Brokk semblait en alerte. Nous avions fait face à des situations catastrophiques auparavant. Il se tenait à l'écart, loin de la femme et moi.

— Nous nous cacherons là jusqu'à ce qu'ils passent et puis nous continuerons, dis-je tout haut à l'intention de Saule.

Brokk acquiesça. Nous nous accroupîmes tous dans une attente inconfortable. Le bruit des pas, une force de nombreux hommes se dirigeant vers nous, leur puanteur portée par le vent. La bête bondit vers l'avant. Je fermai les yeux, ne voulant pas qu'elle se libère.

— *Leif ?*

— *Je vais bien.*

Je tournai ma tête contre la brise et saisis le parfum des cheveux de Saule. Une chose si petite et si adorable, tremblante à côté de nous avec une expression féroce sur son visage. Elle avait traversé tant de choses ce soir et elle restait courageuse. Je devais tenir bon, pour elle.

— *Nous pouvons combattre,* offrit Brokk.

D'après son ton fragile, il ne pensait pas que c'était une bonne idée. Même si nous dégagions un chemin pour notre fuite, laisser sortir nos bêtes tentait le danger.

— *Il y en a trop.*

Je mis ma main sur ma bouche et mon nez alors qu'une puissante brise soufflait davantage de leur effluve nauséabond.

— *Le Roi Cadavre envoie une grande force.*

— *Il fera tout pour posséder ses futures femmes.*

Un grognement m'échappa avant que je puisse le stopper. Saule s'immobilisa.

— Silence, nous murmura Brokk.

De là où nous étions accroupis, la route brillait de la lueur de la lune. La troupe des draugr arriva depuis le chemin, des soldats macabres marchant avec des mouvements saccadés. Quelques-uns avaient des lances et des épées, mais la plupart avaient des fourches et des bâtons, des objets ordinaires transformés en armes. Comment le Roi Cadavre avait-il fait apparaître une telle armée, si vite ?

— *Par les bottes d'Odin. Ce ne sont pas des Hommes Gris. Du moins, leur peau n'est pas grise.*

Je tendis la tête au-dessus de l'herbe du marais. Comme l'avait dit Brokk, la force ne paraissait pas si fine et cireuse que les Hommes Gris auxquels nous avions fait face auparavant. C'étaient des hommes de tout âge, avec un épiderme rougeâtre et des expressions vierges, portant les tenues de villageois.

Les rangs silencieux passèrent à quelques pas à peine de là où nous étions cachés, plus d'une centaine d'entre eux. Le visage déterminé de Brokk m'informa qu'il comptait.

— *Ces draugr puent le sang, mais pas la chair en décomposition*, commentai-je, quand plus de la moitié nous eûmes franchis.

— *Ils ne sont pas morts depuis longtemps*, observa Brokk qui semblait plus sombre que d'habitude.

Une froideur vint en moi.

Les rangs s'étaient affinés quand Saule se redressa.

— Joseph ! éclata le nom de ses lèvres.

— Silence, fille, dis-je en la tirant en bas.

— Attendez, s'exclama-t-elle en luttant. Je le connais du village.

Je claquai ma main sur sa bouche.

— Stop, sifflai-je dans son oreille.

Elle cria de détresse, assez fort pour alerter l'ennemi et exciter la bête.

Brokk mit son visage proche d'elle, son expression assez sévère pour faire reculer un homme.

— Tu seras sage. Nous sommes tous en danger.

Elle secoua la tête autant qu'elle put avec ma main sur sa bouche, mais elle arrêta de lutter.

— L'homme que tu penses connaître ? Ce n'est pas lui. Joseph est parti. La magie du Roi Cadavre a pris sa vie et son esprit, et il a fait de lui un outil pour le mal.

Avec un cri étouffé, elle s'affaissa contre moi.

— *Trop dur ?* me demanda Brokk.

Je secouai la tête. Son enthousiasme à aider son ami pourrait signifier notre mort. Si l'ennemi ne défilait pas à quelques pas, je l'aurais mise sur mon genou et l'aurais punie. Je partageai l'image avec Brokk, et un coin de sa bouche se contracta. Peut-être que la corriger serait son rôle, si cela l'incitait à accepter notre compagne.

BROKK

*J*e fixai Saule jusqu'au moment où elle baissa le regard. Les loups vivaient selon des règles strictes de domination et nous savions tous les deux qu'elle cédait aux miennes. Mais elles ne devaient pas seulement admettre mes lois. Elle devait obéir. Si je l'avais déjà acceptée comme compagne, elle aurait été punie. Une fois que nous serions en sécurité, je flagellerais son cul jusqu'à ce qu'il scintille d'une lueur rouge...

— *Attention,* me calma une part de moi. *Tu as joué à ce jeu auparavant.*

J'étais l'un des rares Berserkers qui se souvenaient des folies de l'amour. Cela s'était terminé en chagrin.

Les Hommes Gris étaient presque tous passés.

Peut-être que je la fouetterais, pour la punir et pour mon propre plaisir. Ma bête n'en pouvait plus d'attendre pour la voir nue devant nous.

Ma bite se requinqua à l'idée. Je serrai les dents.

— Petite femme, tu obéiras, lui dis-je en un chuchotement sévère. Tu feras ce que nous dirons et tu seras silencieuse.

Elle sombra contre Leif et il mit ses bras autour d'elle. Je me détournai du joli couple. Les femmes couraient toujours vers Leif.

— *Ce n'est pas la même chose,* me dit Leif. *Nous la partagerons en tous points.*

Je secouai la tête. Nous ne pouvions pas avoir cette conversation pendant que nos ennemis passaient à quelques mètres de là.

— *Pas si nous ne pouvons pas combattre pour nous extirper des Hommes Gris.*

Pendant un moment, je souhaitai que Leif et moi ne fussions pas liés. Si j'avais le choix, je ne partagerais pas une femme, mais la relation entre nous nécessitait que nous prenions la même compagne.

— *Tu lui lances encore des regards noirs,* me dit Leif.

J'effaçai mes traits.

— *En cet instant, Saule est plus effrayée par nous que par les Hommes Gris. Dis-lui ce qu'il se passe. Apaise-la.*

Je n'avais pas le talent de prononcer des mots si doux.

— *Toi fais-le.*

— *Elle sera ta compagne autant que la mienne,* rappela Leif en levant son menton.

Le dernier des Hommes Gris avait défilé.

— Pardonne-moi, dis-je à la fille apeurée. Je suis habitué à donner des ordres et qu'ils soient écoutés. Nous nous cachons, car le Roi Cadavre a envoyé ses serviteurs pour t'attraper. Ce sont des hommes morts. Des âmes animées.

La femme trembla. Leif mit son bras autour d'elle.

— Je ne comprends pas. Que veut-il de moi ? demanda-t-elle.

— Il cherche toutes les femmes-spae pour qu'elles lui appartiennent. Il désire votre puissance. Il vous a contenues dans l'abbaye et avait planifié de vous prendre une par une, pour consommer votre pouvoir en drainant votre sang...

— Assez, interrompit Leif. Saule, écoute-moi. Tout ce que

tu as besoin de savoir c'est que tu dois demeurer avec nous et suivre ce qu'on dit. *Nous pouvons expliquer le reste plus tard,* m'envoya-t-il.

J'inspirai, inhalant le riche parfum de la femme. Au moins les Hommes Gris ne l'avaient pas détectée. Sous le miasme de la boue et de la puanteur des draugr, je ressentais sa chaleur, mais elle était légère. Je souhaitais être très loin, de retour à notre maison ou quelque part en sécurité où nous pourrions explorer la réaction licencieuse de son corps pour nous.

— Allons-y, commandai-je.

Leif acquiesça et se leva. Il porterait la femme pour que nous puissions voyager à la vitesse des Berserkers.

— Tu seras sage, lui dis-je. Nous devons traverser le village pour nous enfuir.

— Tu dois faire attention, murmura Leif. Il y aura des Hommes Gris partout.

— Espérons qu'ils ne nous attendront pas.

J'allai à la rencontre de la meute par le lien, mais le passage mental semblait bloqué.

— *Je ne peux pas joindre les Alphas,* informai-je Leif.

Le froncement de sourcils sur son visage me dit qu'il ne pouvait pas non plus.

— *Le Roi Cadavre a un grand pouvoir. Sa magie doit perturber la liaison.*

— *Nous devons faire attention. Nous ne pouvons pas survivre longtemps seuls.*

La bête semblait déjà agitée par la présence de nos ennemis et excitée par notre nouvelle compagne.

— *Nous résisterons,* répondit Leif. *Nous nous sommes aidés si longtemps l'un l'autre.*

Je grognai. Le lien magique qui nous connectait avait sauvé nos vies, même si j'en étais souvent irrité. Ce n'était pas comme si nous avions le choix.

— *Le reste de nos frères doit être éparpillé,* réfléchis-je en orientant mes pensées vers une stratégie. *Je crains que notre chemin pour la maison soit bloqué. Si j'étais le Roi Cadavre, j'installerais une embuscade sur la route vers la montagne et récupérerais autant de femmes que possible.*

— *Nous ne pouvons pas rentrer, alors. Nous devons garder Saule en sécurité.*

J'étais d'accord. Leif souleva la femme dans ses bras, et elle lâcha un petit cri de surprise.

— Doit-on te bâillonner ? lui demandai-je.

Elle secoua la tête.

— Vite, alors.

J'ouvris la marche vers la route, plongeant dans la forêt par laquelle nous nous approchâmes de l'abbaye. Qu'importe la brume froide qui était passée sur la cachette de Leif, elle semblait avoir fait faner l'herbe et les plantes sur un large cercle. Même les arbres paraissaient fragiles et âgés, comme recouverts d'une couche de givre.

— *Par le sang d'Odin.*

Notre détour nous emmènerait directement au village. La hache levée prête, je revins discrètement sur la route, m'attendant à voir des rangs d'Hommes Gris patientant à la lueur de la lune, une barricade vivante.

Enfin, pas vivante, mais néanmoins une barrière redoutable.

Le vent remonta et je le sentis. Un faible effluve de sang, mais pas de draugr.

— Stop, dis-je à Leif et Saule. Laissez-moi continuer seul. *Garde-la en sécurité.*

Leif acquiesça et j'avançai. L'odeur de sang était suspendue en une couche épaisse au-dessus de chaque maison et le silence régnait sur le village, de la cabane la plus grossière à la place centrale vide.

Des picotements coururent de haut en bas de ma colonne alors que la malédiction rassemblait de l'énergie pour la

Transformation. J'avais été sur des champs de bataille auparavant et ressentis le même silence oppressant. Mais quelque chose me dit que nous n'avions pas trébuché sur les suites d'un combat, mais celles d'un massacre.

Ma botte pataugea dans une grande flaque de boue et l'odeur de rouille remplit mon nez. Je m'arrêtai.

Me penchant, je touchai la mare devant l'une des habitations sombres. Mon doigt en ressortit mouillé, mais pas d'eau.

De sang.

Je me dirigeai vers la porte. À ma lourde semelle, elle s'ouvrit en un craquement.

Avec une main méfiante, je la poussai encore plus. De la fumée remplissait la maison, les restes d'un feu mourant. Cela prit un moment à mes yeux pour s'ajuster, mais une fois qu'ils le firent, je vis ce que j'attendais.

Je fermai la porte et dis une prière pour les cadavres à l'intérieur avant de marcher à grands pas de maison en maison, inspectant à la recherche de signes de vie.

Chaque habitation se trouvait dans l'obscurité, à part quelques-unes aux feux s'affaiblissant. Je sus à présent comment autant de draugr étaient apparus, presque de nulle part. L'odeur froide s'attardait encore, la magie du Roi Cadavre s'était répandue et elle avait revendiqué les esprits des hommes bien portants. Les Hommes Gris que nous avions vus étaient tous des villageois, transformés. Avant d'être partis au service du Roi Cadavre, ils avaient tué tous ceux qu'ils laissaient derrière.

— Par les yeux d'Odin, murmurai-je alors que je passais de maison en maison, elles étaient jonchées de morts.

Quelques-uns étaient posés dans l'embrasure des portes, d'autres dans les rues. Des vieux, des femmes et des enfants.

Personne n'avait survécu.

— *Contourne le village,* envoyai-je à Leif. *Ne permets pas à Saule de voir ça.*

Je vérifiai la dernière habitation, mais le massacre était complet. Ramassant un linge, je recouvris les restes d'une mère et d'un gamin morts.

— Allez en paix, leur dis-je.

Si j'avais eu le temps, j'aurais enterré les corps et appelé une sorcière pour purifier la zone avec du sel et du feu. Mais nous devions continuer à bouger avant que les sorts du Roi Cadavre se répandent à nouveau. Je chuchotai une rapide prière, sachant qu'elle ne serait pas suffisante pour empêcher les esprits morts de s'attarder ici, hurlant pour obtenir justice.

Je sortis de la cabane, ayant hâte de respirer de l'air libéré de sang et de magie corrompue.

— *Brokk, où es-tu ? L'odeur de sang... la bête... je ne peux pas...*

— *Tiens bon, Leif !*

J'entendis un léger cri et tournoyai à temps pour attraper Saule dans mes bras. Trop tard, elle vit le membre immobile et ensanglanté de la femme, le plus probablement tranché quand elle l'avait lancé pour protéger son enfant du coup fatal.

— Non, sanglota Saule, tendant le bras pour saisir la main de la morte.

— Viens, grognai-je en la soulevant.

Ses doigts griffèrent mes bras alors que je m'éloignai à grandes enjambées.

— *Leif, je l'ai.*

— *Elle n'arrêtait pas de se débattre.*

Leif semblait fatigué et triste. Je ravalai ma réplique. L'odeur du massacre faisait ressortir la bête. Leif luttait pour garder le contrôle.

— *Je la porterai. Pars devant et explore pour nous. Le Roi*

Cadavre a pu laisser quelques Hommes Gris ici pour monter la garde.

Je tournai mon attention vers la femme se débattant pour se libérer de mon emprise.

— Stop, je la connais. Margaret. La femme de Joseph. Nous devons l'enterrer.

— Il y en a trop. Le village entier a été massacré, lâchai-je, et je me maudis de lui avoir dit quand du chagrin déforma son visage.

— Non, gémit-elle.

Je forçai sa tête à se baisser contre mon épaule.

— Ferme tes yeux, aboyai-je.

Elle sanglota contre moi alors que nous passions à côté des habitations silencieuses, les corps dans les rues détrempées de sang.

— *Leif, vite. Nous devons sortir d'ici.*

— *Vous... partez...*

— Par le sang d'Odin, jurai-je. *Tiens bon.*

J'évitai les maisons, me dirigeant vers la forêt.

— *Nous avons notre femme à présent. Tu dois garder le contrôle.*

Dans l'ombre, Leif grogna.

— Leif, c'est moi, dis-je en bondissant en arrière.

— *Brokk !*

J'esquivai et une lance vola au-dessus de ma tête. Les Hommes Gris nous avaient trouvés.

Leif chargea en sortant des bois. Je fis une feinte et évitai à nouveau le projectile, mais il courut en me dépassant pour attaquer les draugr qui avançaient.

— *Sors-la de là. Pars !*

Un grognement résonna, haut et troublant. Assez pour envoyer crapahuter un humain ordinaire. Le cri de chasse d'un Berserker.

Je fuis dans la forêt, m'écrasant dans le maquis, Saule dans mes bras. Elle se cramponnait à moi.

— Par le souffle d'Odin, grommelai-je alors que je pataugeais dans un ruisseau au débit rapide.

Je le suivis jusqu'à sa fin et déposai Saule, libérant une main au cas où les Hommes Gris nous suivaient. Leif ne ferait qu'une bouchée du petit groupe d'hommes laissés pour garder le village. J'espérai seulement que je pourrais le rappeler quand il aurait fini la tuerie. Je ne devrais pas l'abandonner.

Saule s'appuya contre moi, ses traits fixés d'une horreur silencieuse. Elle ne hurla pas une nouvelle fois.

Je la glissai plus proche. Quand je touchai l'esprit de Leif, je trouvai une rage rouge et de la folie, le pouvoir corrompu de la malédiction des Berserkers.

— *Reviens à nous*, appelai-je en lui envoyant une impression de ce que je ressentais, le doux corps adorable et tremblant d'une femme contre le mien. *Notre compagne t'attend.*

Pas de réponse. Il combattait à la fois les Hommes Gris et la bête, crachant une bouchée répugnante de chair de draugr.

Saule s'affaissa dans mes bras.

— Ils sont tous... ils sont tous morts, marmonna-t-elle.

Elle pleura et je ne sus pas quoi dire.

— Ne pleure pas pour eux, dis-je en l'agrippant, ma voix féroce. Ils vivaient assez proches de l'abbaye pour être au courant que le moine vous maltraitait, et ils n'ont rien fait.

Sa bouche s'ouvrit et se ferma. Rien ne sortit.

— Sois reconnaissante que la fin ait été rapide. Ce ne serait pas la même chose pour nous, si le Roi Cadavre nous rattrapait.

Elle me fixa.

— *Viens vite*, appelai-je Leif. *Je ne peux pas faire ça seul.*

— Par le bâton d'Odin, dis-je tout haut.

Repoussant ses cheveux en arrière d'une main

maladroite, je recouvris sa peau de sang. Jurant plus fort, je me penchai et lavai ma main dans le ruisseau et en essuyai la tache.

Saule semblait figée.

— Tout va bien, lui dis-je. Nous sommes sortis vivants.

— C'était vous, dit-elle d'un chuchotement horrifié. Vous l'avez fait.

— Saule, non.

— Vous les avez amenées. Nous étions bien jusqu'à ce que vous arriviez.

Elle me combattit. Je la laissai, me tenant immobile pendant que ses petits poings frappaient ma poitrine blindée.

Je saisis ses poignets avant qu'elle se fasse du mal.

— Stop, grognai-je. Tu ne réfléchis pas clairement. Nous sommes venus vous sauver.

— Menteur. Ils sont tous morts. Vous les avez massacrés…

— Le Roi Cadavre les a tués. Il est venu pour toi. Comprends-tu ? C'est ta magie, ta chair qu'il désire par-dessus tout. C'est…

Je plongeai ma main entre ses jambes, prenant son sexe.

— C'est ce qui l'appelle. Ton odeur quand tu es en chaleur.

À mon contact brut, elle s'immobilisa, mais cela me rendit malade de la manipuler. J'écartai ma main.

— Nous t'avons sauvée, Saule. Tes sœurs et toi seriez mortes à l'abbaye, ou en esclavage, si nous n'étions pas venus. Nous essayons de t'aider.

Elle agita la tête, la bouche fonctionnant en une protestation silencieuse.

Je la secouai. Si elle paniquait une nouvelle fois et qu'elle criait, elle pourrait faire accourir toute la force ennemie vers nous. Je devais la raisonner.

— *Brokk. Assez. Donne-la-moi.*

Leif sortit de l'ombre. Ses yeux brillaient de la magie de la bête, mais il s'était Transformé à nouveau sous sa forme humaine.

— *Leif ? Es-tu sûr ?*

Il grogna et Saule s'écria.

— Qu'est-ce ?

— C'est Leif, dis-je, passant mes mains le long de ses bras fins. Il se sent en détresse, car tu es peinée.

— Leif ? parla-t-elle d'une voix chevrotante, et mon frère d'armes s'avança, ses traits humains et beaux à nouveau.

J'abandonnai mon paquet et reculai. À ma surprise, Saule s'éloigna de moi en courant et lança ses bras autour des épaules de Leif pour l'enlacer fermement.

Après un moment d'hésitation, ses bras se fermèrent autour d'elle. Ils portaient encore des touffes de fourrure.

— *Leif...*

— *Je sais.*

Il ajusta sa prise, pressant son visage dans son cou alors qu'elle pleurait. Leif laissa sortir des bruits apaisants et des petits grognements, davantage animaux qu'humains, mais quand je touchai son esprit, je trouvai du silence. Sa rage s'était repliée.

— *Elle calme la bête*, observai-je choqué.

— *À un grand prix*, dit Leif en faisant un net signe de tête. *Le Roi Cadavre sacrifiera n'importe quoi et n'importe qui pour récupérer ses femmes désignées.*

Le reniflement de la femme avait diminué, mais Leif garda sa main sur son crâne.

— Tu es en sécurité à présent, dit-il tout haut. *Partons avant que davantage d'Hommes Gris viennent,* me dit-il à moi.

Suivant mon frère d'armes, je sortis du ruisseau. Nous nous fondîmes dans les bois.

LEIF

— *Je n'aime pas à quel point notre petite prisonnière parait pâle.*

Nous avions passé la nuit à traverser des terrains difficiles, nous dirigeant vers le Nord et l'Est, loin de la meute et de la maison. Je portais Saule, la tenant tendrement contre ma poitrine quand elle sombra, somnolente. En moi, la bête dormait également, satisfaite. Saule l'avait calmée avec son parfum et son contact réconfortant.

Elle s'appuyait contre mon épaule alors que Brokk et moi courrions ensemble sous la lune silencieuse.

— *Elle n'a pas peur de nous. Elle sommeille*, observa Brokk.

— *Elle est épuisée. Et une fois que nous trouverons la sécurité, il y a beaucoup à lui dire.*

Autre que sa pâleur et le fait qu'elle était un peu maigre, elle semblait en bonne santé. Ses bras et ses jambes arboraient des muscles rendus robustes par le travail.

— *Mettons un bon repas en elle*, décida Brokk. *Je connais un endroit pour nous abriter. C'est calme et reculé. Nous resterons là jusqu'à ce que nous puissions joindre les Alphas.*

— *Ils s'attendront à ce que nous retournions à la montagne.*

— *Ils sauront que quelque chose ne va pas. Les forces du Roi Cadavre nous ont fait nous éparpiller. Ils ont fait du bon travail à nous isoler, c'est mieux pour nous éliminer et pour récupérer les femmes du sorcier, une par une.*

— *Ils ne la prendront pas*, grognai-je et j'étreignis plus près mon paquet à l'odeur parfumée.

— *Ils ne la prendront pas*, répéta Brokk.

Sur ce sujet, mon frère d'armes et moi-même partagions le même avis. Il avait toujours été plus méfiant et lent à faire confiance, mais il avait vu la façon dont la bête répondait à sa présence.

Mon petit miracle. Elle avait quelques taches de rousseur sur son visage. Je voulais toutes les embrasser. Il y aurait le temps pour ça, une fois que nous l'aurons mise en sécurité. Je devais juste convaincre Brokk de l'accepter.

Quand nous arrivâmes à une rivière, je fis une pause sur la rive.

— *Tiens. Tu es plus grand. Pourquoi ne la portes-tu pas pour traverser ?*

Brokk grogna. Il était plus grand de justesse, nous blaguions souvent à ce sujet.

— *Mais tu es plus fort et plus laid. Plus approprié pour être une bête de fardeau.*

— *Comme tu veux*, dis-je en pataugeant, soulevant la femme en hauteur. *Je serai premier en tout. Premier à la trouver. Premier à la porter. Premier à la baiser.*

Brokk me fit une grimace, montrant ses crocs.

— *Nous devons d'abord la séduire*, dit-il et je me refroidis.

— *Penses-tu qu'elle a souffert de maltraitance, comme la femme que Rolf et Thorbjorn souhaitent revendiquer ?*

— *Même si elle a échappé aux attentions du religieux, elle a tout de même enduré ses menaces*, fit remarquer Brokk et je fus d'accord.

— *Il est mort à présent ?*

— *Bien mort. Thorbjorn me l'a dit à l'instant où ça s'est passé. Il a frappé le moine avant que les Hommes Gris affluent sur le lieu.*

Nous traversâmes la rivière et continuâmes à nous hâter. Pas de sens à s'attarder, même si les Hommes Gris ne pouvaient pas suivre. Le Roi Cadavre avait d'autres armes.

— *Nous devons la charmer,* dis-je après quelques minutes de silence. *La mettre à l'aise.*

— *Tu es meilleur pour faire la cour aux femmes,* dit Brokk.

Réalisait-il que son air renfrogné contenait une dose de douleur ?

— *Si je peux contrôler la bête,* essayai-je de plaisanter, mais aucun Berserker ne rigolait d'un sujet si sérieux.

Nous avions tous vu des camarades mourir quand leurs bêtes avaient mangé leurs esprits et les avaient remplis d'une rage sans fin. Si un loup perdait le contrôle, la meute devait l'abattre.

Dans mes bras, Saule laissa échapper un petit soupir. La météo était devenue fraiche, trop froide pour la fin d'été.

Je la décalai dans mes bras.

— *Sortons de ce vent.*

— *Nous sommes proches de l'abri.*

Brokk ouvrit la marche, remontant la colline jusqu'à arriver à un monticule herbeux, haut au-dessus des arbres. La forêt avait été dégagée pour faire place à une forteresse, à présent abandonnée et en ruines.

— *Le roi de cette terre a mal évalué son pouvoir. Ses ennemis l'ont submergé avant qu'il finisse sa fortification, et les mercenaires en ont démoli la majeure partie.*

La bouche de Brokk se courba d'un sourire sombre.

— Quand cela est-il arrivé ? demandai-je tout haut, gardant ma voix basse pour ne pas la réveiller.

Brokk et moi pouvions lier nos esprits, nous étions capables de partager des pensées, des images et des impressions, mais il aimait son intimité. Nous avions tendance à mobiliser la connexion uniquement pour un besoin urgent. Excepté aujourd'hui, quand nous l'utilisions pour le confort de Saule.

— Il y a quelques décennies. J'y suis allé avec Knut, Rolf et Thorbjorn. Le roi opposé nous avait engagés, indiqua-t-il en haussant les épaules. Une journée de divertissement pour prendre la place fortifiée et massacrer tous les hommes à l'intérieur. Cela valait bien la bourse d'or.

Nous escaladâmes la colline et sortîmes sur la saillie surplombant un vaste lac immobile. Le vent froissait l'eau bleu-noir.

— Nous avons passé un peu de temps à nous tenir là, à jeter des pierres dans le lac, fit remarquer Brokk.

— Où étais-je ? demandai-je, même si je pouvais deviner.

Brokk décrocha le paquet qu'il portait et alla vers le plus haut mur encore debout. Il le secoua pour en sortir un sac de couchage et une peau de loup, préparant un doux nid pour la femme.

— Tu avais recherché la solitude... pour contrôler ta bête.

Je déposai notre menue prisonnière sur le lit de fortune. Elle lâcha un léger soupir, creusant dans la fourrure et continuant à dormir. Les évènements de la soirée, sa lutte, sa terreur et ses larmes la laissaient éreintée. Ses petits doigts agrippèrent la peau.

— Peut-être qu'elle serait plus confortable avec le loup, encourageai-je Brokk.

— Elle a besoin d'apprendre à nous faire confiance en tant que partenaire, dit Brokk en pressant ses lèvres.

— Tu l'acceptes, alors ? questionnai-je en levant ma tête d'un mouvement sec.

Brokk grogna. Je montai la garde sur la femme pendant qu'il établissait le camp et façonnait un feu. Il garda ses distances et ne jeta pas un coup d'œil dans notre direction, mais une fois que le brasier prit, il enleva ses vêtements, les plia dans le sac et se Transforma. Un géant loup noir avec des marques marron trottina pour s'installer à côté de la femme endormie. Sa taille impressionnante et le mur la protégeaient du vent.

Gloussant, je me levai pour m'occuper du feu.

BROKK

*N*otre petite femme dormait, sa douce joue entourée de ses mains. Je faisais un somme à côté, faisant la sieste à la façon d'un loup, par intermittence, me levant souvent pour me tourner et me réinstaller dans mon lit. Leif était parti pour chasser et je gardais les yeux ouverts, sur mes gardes de peur qu'elle se réveille et pense que son beau prétendant roux l'avait abandonnée à un loup féroce.

L'aube vint, grimpant sur les collines et les oiseaux se réjouirent. Des centaines d'ailes blanches se rassemblèrent sur le bord du lac, un long saut et une courte course depuis le fort en ruines. Si je ne veillais pas sur ma nouvelle compagne, j'y serais allé et les aurais effrayés, aboyant contre leurs ailes battantes, essayant d'en attraper pour mon petit-déjeuner. Un bon passe-temps pour un matin.

À côté de moi, la petite femelle continuait de dormir, le visage déformé par une expression inquiète. Je posai ma tête sur mes pattes et soupirai.

Leif revint avec une paire de lapins déjà dépecés. Il les aurait cuisinés d'ici à ce que la femme bouge. Avec un regard vers moi, il vint prendre ma place pour que j'aille derrière le bas mur. Je ne pouvais m'empêcher de jeter un coup d'œil par-dessus pour contempler sa poitrine se lever et tomber sous l'effet du sommeil.

Quand Saule s'écria et se réveilla en sursaut, Leif s'accroupit prêt à la réconforter.

— Tout va bien, dit-il en tendant sa main. Chut, fille. Tu es en sécurité maintenant.

— Où suis-je ? demanda-t-elle en léchant ses lèvres.

— Un campement temporaire. Nous resterons quelques nuits, jusqu'à ce que nous soyons sûrs d'être en sécurité. Puis ce sera le retour vers notre maison, où tu seras réunie avec tes amies. Viens, appela-t-il. Viens t'asseoir à côté du feu. Il n'y a rien à craindre ici.

Juste alors qu'il l'avait convaincue de se lever et de le suivre, un oiseau cria. Elle se tourna d'un mouvement brusque et son regard tomba sur moi.

— Du calme, Saule, fredonna Leif, mais son murmure apaisant ne l'arrêta pas de reculer jusqu'à ce que son dos percute le mur cassé. Elle se pressa contre les pierres vert gris, en tremblant.

— Il y a un loup, chuchota-t-elle.

— Je sais. C'est un ami. Là.

Il me fit un signe de tête et je la passai autour de l'arête des cailloux.

— *Compagne,* chantonna le loup quand il saisit son parfum.

Je lui fis presque un large sourire avant de me souvenir de ma silhouette. Le mur incliné ne cachait pas vraiment ma grande forme, même en me baissant. Quand je me tenais debout, je pouvais lécher son menton sans beaucoup d'effort.

— D'où vient-il ?

Leif fit une pause, débattant à quel point lui dire.

— Il a été avec nous tout du long. Ne t'inquiète pas. Il est bien apprivoisé.

Il me fit un clin d'œil et je le fixai. Souriant, le guerrier retourna préparer notre repas. Saule resta accroupie contre le mur, bien qu'elle ait ramassé la peau de loup et l'ait mise autour de ses épaules. Je m'éloignai de la paroi, prenant ma place aux côtés du combattant.

— *Tu les cuis trop*, lui dis-je, alors que la chair des lapins se changeait en un marron peu appétissant.

— N'allais-tu pas chasser des oiseaux sur la plage ? me demanda Leif tout haut.

Le loup avait laissé dériver les liens entre nous vers l'ouverture. La part loup en nous désirait la connexion plus que l'intimité.

De plus, je trouvais plus difficile de garder la relation fermée quand je me sentais heureux ou content, ou peut-être que je la préférais ouverte, comme si partager avec mon frère d'armes complétait ma joie.

— Chasser des oiseaux ? demanda Saule.

— Je parle juste à Wolfie là, dit-il en faisant un signe vers moi et je laissai sortir un grognement grave.

— *Wolfie ?*

— *Mieux que moche.* Il voulait descendre au lac tantôt, continua Leif. Peut-être que tu pourrais aller chercher de l'eau avec lui.

— Tu lui parles ? questionna Saule alors que ses yeux s'écarquillaient jusqu'à ce qu'ils semblent prendre la moitié de son visage, mais elle s'éloigna du mur.

Ses cheveux noirs s'envolèrent dans le vent. Je voulus aller me pelotonner à ses pieds.

— Bien sûr. Lui et moi avons longtemps été compagnons, n'est-ce pas, Wolfie ?

Je laissai sortir un aboiement aigu, aussi similaire que je pus de celui d'un chien.

Saule fit un pas de plus pour s'approcher et jeta un coup d'œil autour de l'abri.

— Est-ce que Brokk est là ?

— Il sera bientôt de retour, sourit Leif de manière satisfaite.

— *C'est ridicule, Leif. Dis-lui juste que c'est moi.*

— *Pas avant que tu aies gagné sa confiance en tant que grosse bête poilue. T'ai-je déjà dit que tu es bien plus sympa en loup ?*

Je soulevai une lèvre, montrant mes dents en un mi-grognement silencieux.

— *Assurément une meilleure apparence.*

Souriant d'un air suffisant, Leif retira ma part de viande des flammes, encore à moitié crue, et me la jeta. Je l'attrapai dans ma bouche et m'éloignai tranquillement pour prendre mon repas en surplombant le lac et les oiseaux. Saule n'avait pas besoin de me voir déchiqueter la chair et les os.

Je baissai la tête pour m'empêcher de sentir le lapin rôti. Le loup préférait manger cru, mais l'odeur semblait pousser Saule à se décaler du mur. Mes oreilles se dressèrent alors qu'elle s'aventurait près du feu, s'asseyant sur une pierre à côté de Leif. Il attendit jusqu'à ce qu'elle se soit installée pour découper des morceaux de viande.

— Voilà, dit-il en se posant également. Goûte ça.

Il lui tendit un morceau, désapprouvant quand elle essaya de le prendre avec ses doigts. Elle rougit alors qu'il lui offrait d'ouvrir sa bouche et de manger dans sa main comme un petit oiseau, mais son estomac grogna et ne tint pas compte de son embarras. Un sourire tendre joua sur les lèvres de Leif alors qu'il la nourrissait.

— *Tu vois, Brokk ? Elle va s'habituer à nous. Et puis...*

Puis, nous la séduirions, nous débarrassant finalement de toutes ses défenses et la revendiquant. Un lien d'accouplement se formerait entre nous trois, deux monstres sous forme humaine et la femme délicate et adorable ayant le pouvoir de briser la malédiction. Cela paraissait presque trop facile.

— *Trop facile ? Nous l'avons attendu plus d'un siècle en nous bataillant contre la bête.*

Je ne répondis pas.

— Comment es-tu devenu ami avec un loup ? demanda Saule.

— Il m'a sauvé la vie, je lui ai sauvé la sienne.

Leif poursuivait la ruse. Il aimait ce jeu. Ceci dit, dire des mensonges au milieu de la vérité était un don particulier de mon ami beau parleur.

Leif fronça les sourcils quand il saisit l'écho de mes pensées.

— *Ce ne sera pas comme avant, Brokk. Tu dois me croire.*

Je me levai et emportai mes os de l'autre côté du mur pour pouvoir les croquer avec une sauvagerie animale.

Saule me regarda partir.

* * *

D'ICI LE milieu de l'après-midi, cela me démangea de courir dans la forêt, mais le loup voulut demeurer à proximité de sa compagne. Elle était assise à côté, et, quand je restai immobile, elle se détendit. Sa curiosité l'emporta sur sa peur.

— Tu peux le toucher, invita Leif. Il est inoffensif. Tu vois.

Il se leva et vint à mes côtés.

— Il va me laisser le caresser.

— *Si j'arrache ta main, elle ne repoussera pas.*

— *Tu ne me mordras pas*, rectifia Leif en faisant courir sa main sur mon dos. *Pas pendant qu'elle regarde.*

J'endurai les caresses. Mon frère d'armes le fit, par chance, de manière brève.

— Maintenant à ton tour, Saule, l'amadoua Leif.

Je retins mon souffle alors qu'elle s'approchait. Je vis le

moment où elle décida d'être courageuse. Elle fit une pause comme si elle pesait ses peurs, puis avança tout de même, avec la même détermination que Leif avait remarquée quand il l'avait rencontrée. Aucune hésitation.

Elle caressa mon dos avec de petits doigts blancs. Détendu sous son contact, je ressentis un frisson en profondeur, ma bête remuant comme si elle reconnaissait que ma plus grande envie serait satisfaite. Je posai ma tête sur mes pattes, les yeux se fermant de plaisir alors qu'elle jouait avec mes oreilles.

— Tu vois ? dit Leif. Il aime ça.

Saule continua à me caresser. Elle se décontracta, mais ses mains paraissaient froides. Quand je me Retransformais en homme, la magie pouvait me laisser avec une peau autour de mes épaules. Je lui donnerais chaque fourrure et fourreau aussi souvent que je le pouvais jusqu'à lui construire un lit empilé de peaux de loup. Ma compagne dormirait dans un confort qu'elle n'avait jamais connu auparavant.

Le loup lâcha un grognement satisfait, contenu pour ne pas effrayer notre proie timide. Il aimait l'idée que Saule soit enveloppée de mon odeur.

* * *

À MIDI, elle était assise juste à côté de moi et ne semblait pas du tout nerveuse.

Leif la nourrit, et elle alla une fois derrière un mur pour se soulager, mais quand elle revint, elle se pelotonna à nouveau à mes côtés. Elle paraissait tirer du réconfort en étant proche de moi, un émerveillement que je pouvais à peine croire.

— *Je te l'avais dit*, dit Leif d'un air suffisant.

— Est-ce que mes amies vont bien ? questionna-t-elle, tordant ses doigts ensemble.

Avec un faible gémissement, je lui donnai un petit coup et elle caressa mon nez à la place.

— Elles sont toutes protégées, répondit Leif avec un regard dans ma direction.

Nous n'avions pas été capables de joindre la meute par le lien. Trop de kilomètres et trop de magie noire perturbant même le pouvoir des Alphas.

— Elles ne sont pas toutes hors de danger. Nous savons que les Hommes Gris ont attaqué.

— Que sont les Hommes Gris ? demanda-t-elle.

— Les serviteurs du Roi Cadavre, un sorcier malfaisant qui souhaite que le monde soit sous son règne. Il tire sa puissance en mariant et couchant avec ton espèce.

— Mon espèce ?

— Ouais. Tu as de la magie dans ton sang. Tu fais partie d'une race spéciale de femmes, avec un pouvoir qui te permet de... hésita-t-il, mais les yeux de Saule étaient fixés sur le lac au-delà de Leif.

— De la magie, souffla-t-elle. Comment c'est possible ?

— Nous pensons que la magie reste latente jusqu'à ce que tu sois mariée.

Leif, toujours charmeur, tournait les choses d'une façon qu'elle pourrait comprendre.

Mon loup renâcla. Les loups ne se mariaient pas, ils s'accouplaient, et pour la vie. Un lien avec un Berserker était plus profond qu'un vœu d'humain. Une fois que Saule serait liée à nous, d'esprit à esprit, nous ne ferions qu'un.

Le lien fraternel que Leif et moi utilisions pour partager nos pouvoirs nous permettait aussi de partager une femme. Si nous ne nous étions pas connectés, partager une femme serait impossible. Nous nous battrions à mort et succomberions à la bête, notre salut hors d'atteinte.

— Je ne crois pas en la magie, déclara Saule en enveloppant ses bras autour de son corps menu.

— Qu'en est-il de tes dieux ? Tu as vécu dans un lieu saint, parmi les pieux. N'as-tu jamais observé leur pouvoir ?

— Non.

Elle ramena ses jambes à sa poitrine, se rapetissant sur elle-même.

— J'ai prié et prié, mais personne n'a répondu, marmonna-t-elle, presque pour elle-même.

— Qu'en est-il des sorcières et des voyantes ?

— Le moine s'élevait contre elles.

— Certains hommes détestent ce qu'ils ne comprennent pas. Ou ce qu'ils ne peuvent pas contrôler, dit Leif, et pour une fois je fus reconnaissant de sa langue bien pendue. Il y a le mal, mais il y a aussi le bien.

La femme leva sa tête. Je touchai sa main jusqu'à ce qu'elle me caresse à nouveau.

— La magie que tu possèdes est une chose subtile. Elle se manifeste en une affinité pour les herbes et la guérison. Tu as certainement ce don.

— S'il y a une telle magie dans le monde, je n'en ai pas, dit-elle. J'ai souffert d'une maladie toute ma vie.

— Quelle est la nature de cette maladie ? questionna Leif.

Après avoir jeté un coup d'œil vers l'horizon, où la lune se lèverait bientôt, elle secoua la tête.

— Qu'en est-il si je pouvais te prouver qu'il y a de la magie ? proposa Leif.

— *Attention,* me raidis-je. *Ce n'est pas un jeu.*

— *Elle est forte. Laisse-nous lui dévoiler la vérité. Nous lui devons.*

— *Ce sera ta responsabilité, alors.*

Mes mots avaient le goût amer. Sa folie ne reposerait pas sur sa tête, mais sur la mienne. Toujours sur la mienne.

Saule était assise immobile et confiante alors que je marchais jusqu'au centre de l'abri vide. Le soleil brillait haut au-dessus de nous. Je pouvais voir toutes les taches de rousseur, tous les cils noirs sur la joue de Saule alors qu'elle clignait des yeux.

— *J'espère que c'est le bon choix.*

Leif resta silencieux. Lui et moi foulions un nouveau terrain de chasse. Nous n'avions jamais attiré une partenaire auparavant, mais nous avions toujours obtenu notre proie.

Je levai ma tête de loup et me Transformai. La magie rampa de mon coccyx à ma nuque, et dans l'autre sens. Parfois, cela faisait mal, mais cette fois non. Un léger vent souffla au travers de l'abri alors que je m'étirais et je me relevais de ma forme de loup.

Lorsque je me tins debout en tant qu'homme, nu excepté un pagne au niveau de mes hanches et une peau autour de mes épaules, la femme s'était à nouveau traînée contre le mur et se blottissait là. Elle tremblait en mordant ses lèvres, ravalant des larmes d'un battement de paupières.

— Tout va bien, grinçai-je de ma voix enrouée alors que ma gorge luttait pour se souvenir de la façon dont former des mots humains.

Sa détresse appela la partie la plus sombre en moi. Pas loup, pas humain, mais la profonde faim de la bête. Elle voulait détruire ses ennemis, puis la coucher et la revendiquer, lui faire savoir qu'elle serait à jamais nôtre.

— Brokk, dit Leif d'un ton sec, et j'arrêtai d'avancer vers la fragile femelle.

Au final, elle alla vers lui et il la réconforta, pendant que je m'éclipsai. Je me Transformerais à nouveau en loup et irais chasser. Je préférerais poursuivre une proie que fixer les yeux d'une femme effrayée.

LEIF

— *S*aule, sois tranquille. Tout va bien. Il y a de la magie en nous, mais elle ne te fera pas de mal.

Du moins, ce sera le cas si nous nous accouplons assez tôt pour garder la bête calme.

Elle secoua la tête et demeura les genoux repliés contre sa poitrine à proximité du mur, ses bras autour de ses jambes. Je détestai le chagrin vif sur son visage. Elle commençait tout juste à nous donner sa confiance et je l'avais brisée.

Je la laissai tranquille pour le reste de l'après-midi. Elle resta crispée et silencieuse. Quand elle frissonna, elle ne me laissa même pas m'approcher pour glisser une fourrure autour d'elle. Je lâchai la peau de loup à proximité, mais une fois que j'eus tourné mon dos, elle la ramassa et la jeta au loin. Je mordis un sourire quand elle me lança des regards noirs. Je préférais de loin sa colère à sa tristesse. Quand elle aurait fini de bouder, je trouverais un moyen de la séduire.

J'essayai quelques fois de joindre la meute, mais le lien restait flou. Nous nous étions écartés trop loin même de l'appel puissant de l'Alpha. Ou bien le Roi Cadavre avait trouvé un moyen de perturber notre connexion comme nous l'envisagions.

La seule pensée de notre puissant ennemi amena la bête au premier plan. Je cachai mes mains alors que mes ongles s'allongeaient. Serrant les dents, je résistai à la Transformation.

— *Brokk. Tu dois revenir. Nous devons tous les deux nous lier à elle bientôt.*

J'essayai de tirer de la force de mon frère d'armes, comme je l'avais fait de nombreuses fois auparavant. Sous le prétexte de me soulager, je fis un pas derrière le mur et je m'accrochai contre les pierres gris-vert, voulant que mon corps reste celui d'un homme. Nous avions déjà effrayé Saule une fois pour la journée. Je priai qu'elle ne rencontrerait jamais le monstre que nous pouvions devenir, la bête des Berserkers.

— *Brokk. Frère. S'il te plaît.*

Il continuait à me bloquer. Le coucher de soleil approchait et je ne faisais pas confiance à mon propre contrôle.

— *Tu ne peux pas me laisser seul avec elle, Brokk. Ce n'est pas sûr.*

Maudit soit-il de me forcer à le supplier. J'avais toujours été le plus faible. Il prenait du plaisir à me le rappeler.

— Leif ? interpella Saule.

— Un instant, aboyai-je, ma voix aussi épaisse que ma gorge.

Ma tête palpitait de la douleur de la résistance à la Transformation, mais je regagnai enfin le contrôle et sortis de derrière le mur.

Elle s'était levée, mais n'avait pas quitté sa place.

— Pourrais-je avoir un peu d'eau ?

— Bien sûr, fille, dis-je en me forçant à sourire. Nous allons descendre au lac.

Elle vint à mes côtés. J'avais retiré la longe et ma bague de bras du tour de sa gorge la nuit précédente, et autant que j'admirasse son adorable cou, la vue de mon argent la prenant au collet me manquait.

— Donne-moi ta parole que tu n'essaieras pas de t'enfuir. Ces bois sont étrangers pour nous. Je ne sais pas ce qui rôde ici.

— Je ne fuirai pas.

— Si tu le fais, je laisserai Brokk te punir.

Son parfum flamba et le musque de son excitation fit répondre ma bite. Pendant un instant, ma vision flotta, mais la bête ne s'empara pas du contrôle. Elle observa, patientant dans l'ombre, curieuse à propos du petit être fragile me fronçant les sourcils.

— Tu aimes l'idée d'être punie ?

— Quoi ? Non, dit-elle en faisant un pas en arrière.

— Ne me fuis pas, Saule, grognai-je, profond dans ma gorge. Je te pourchasserai et t'attraperai sans beaucoup d'effort.

Son odeur flamba davantage, le désir d'une femme-spae, avide de ma revendication.

— Je te préviens, fille. Je suis plus prédateur qu'homme. Mais si tu fais ce que je dis, tu seras en sécurité.

Elle rongea ses lèvres, ses pensées en conflit sur son visage. Une partie d'elle voulait fuir, et une autre non.

— Tu iras au lac, lui dis-je. Tu resteras à mes côtés et obéiras. Ou souhaites-tu risquer de courir dans les bras des Hommes Gris ?

Les serviteurs du Roi Cadavre ne devraient pas s'approcher de cet endroit, mais nous devions faire attention.

— Je te donne ma parole, dit-elle en secouant la tête après avoir tremblé. Je ne fuirais pas.

— Alors, viens.

Au début, elle ignora ma main tendue, alors je pris son poignet à la place.

Son pouls bondit à mon contact. Je la guidai, ma bite

devenant plus dure à chaque pas. La bête avait besoin de revendiquer, de protéger, de dominer. Saule provoquait les trois. Je ne pouvais imaginer personne de plus parfait.

Je l'emmenai vers un petit ruisseau qui alimentait le lac, afin qu'elle puisse boire la délicieuse eau claire. Elle s'accroupit devant moi, remplissant ses mains en coupe. Elle s'abreuva jusqu'à ce que ses joues pâles rougissent de rose sous ses cheveux noirs en bataille. J'étanchai ma soif, restant en alerte sur les environs. Mon nez me dit que nous étions en sécurité, mais le Roi Cadavre avait de nombreuses armes. S'il nous trouvait, il pourrait jeter un sort et nous prendre au dépourvu.

Un renard nous observait depuis les ronces. Je montrai les dents et laissai le prédateur percer dans mes yeux. La créature fuit.

Saule me regarda alors que j'étudiais le lac sombre au travers des arbres. Mon loup se fit beau, appréciant son attention.

Je lui fis un clin d'œil et un petit sillon apparut entre ses yeux. Les miens devaient être dorés de la magie de la bête.

— Es-tu également... commença-t-elle, mais s'arrêta en léchant ses lèvres.

— Un loup ? finis-je pour elle. Oui, je le suis. C'est une longue histoire, mais je ferai court. Brokk et moi sommes de vieux guerriers. Nous avons combattu pour un roi des Terres du Nord. Il a envoyé un groupe de ses meilleurs guerriers voir une sorcière, pensant que ses sorts nous rendraient puissants.

Je me tus un moment. Je ne souhaitais pas expliquer la fierté, l'exaltation féroce d'être choisis pour devenir la crème de la crème. Ou l'horreur quand nous nous étions réveillés et avions senti la bête remuant à l'intérieur de nous, nos mains encore ensanglantées du premier massacre d'innocents, nos vies maudites à jamais.

— Est-ce que ces sorts ont fonctionné ?

— Ils nous ont rendus puissants, mais le pouvoir porte toujours un prix.

Je saisis son poignet à nouveau et nous marchâmes autour du château.

— Tu es un Viking ?

— Oui, confirmai-je, m'approchant d'un arbre avec des pommes vertes fermes et lui en jetai une. Nous sommes venus sur cette île pour la revendiquer pour Harald Fair Hair, mais nous sommes restés.

— Ce roi a régné il y a bien des années, dit-elle en plissant son sourcil.

— Il y a plus de cent ans. Notre durée de vie a été allongée. Un effet de la magie.

Elle pâlit à nouveau.

— Tu as entendu parler d'Harald Fair Hair. Tu connais ton histoire ?

— Quelques moines voyageurs ont visité l'abbaye, dit-elle en faisant un hochement de tête raide. Ils étaient gentils envers les orphelines et ont appris à mes amies et moi quelques trucs.

— Parle-moi de tes camarades.

— Mes amies ?

J'acquiesçai.

— Nous sommes toutes arrivées à des moments et des âges différents. Mes copines les plus proches sont Sauge, Laurier et Lierre. Angélique, Oseille et Rose aussi, mais elles sont plus jeunes.

— Toutes orphelines ? questionnai-je en mordant dans ma pomme.

— Quelques-unes sont arrivées quand leurs parents sont morts. D'autres venaient de familles avec trop d'enfants à nourrir. Leurs parents les ont abandonnées... ce sont celles qui ne sont pas nommées d'après des appellations de plantes. Sauge et moi sommes arrivées quand nous étions bébés.

Elle joua avec sa pomme.

— Je n'ai jamais connu ma mère, ajouta-t-elle d'une voix grave.

Je jetai mon trognon de pomme. Brokk et moi avions quitté notre famille il y a si longtemps que nous ne nous souvenions plus d'eux. Je ne pouvais pas la réconforter, mais bientôt ce ne serait pas nécessaire. Brokk et moi serions sa famille.

— Vous êtes toutes des femmes-spae.

— Toutes celles vivant à l'abbaye ? demanda-t-elle avec le sillon qui revint entre ses sourcils.

— Peut-être pas toutes les saintes, mais assurément toutes les orphelines. Le moine ne prenait que des orphelines, n'est-ce pas ?

Elle acquiesça.

— J'y mettrais ma main à couper. Vous avez toutes une magie naturelle, une affinité avec la terre. Est-ce que certaines faisaient des herbes ou des teintures ? Des médicaments que le religieux voyait d'un mauvais œil, car ils semblaient toujours fonctionner ?

— Oui, répondit-elle. Nous le faisions toutes, mais cela faisait partie de nos devoirs. Nous ne sommes pas des sorcières.

— Les femmes-spae ne sont pas vraiment des sorcières. Ta magie provient de l'intérieur, plus en profondeur.

Saule tordit ses mains, fixant le sol.

— Nous ne saurons pas quelles capacités spéciales tu as. Mais tu as le temps d'apprendre. Il y a un signe supplémentaire, la marque qu'une femme-spae est prête à recevoir ses pleins pouvoirs.

— Qu'est-ce ?

— La chaleur d'accouplement, dis-je d'une voix traînante et je savourai son expression.

Du rose inonda ses joues. Je ne devrais pas apprécier de l'embêter, mais elle répondait si joliment.

— Je ne sais rien de tout ça, lança-t-elle en tournoyant et en commençant à remonter vers notre cachette.

Quand je saisis son bras, elle résista.

— Attention, petite prisonnière, avertis-je en tapotant mon nez. Les loups peuvent détecter un mensonge, précisai-je en me penchant plus près. Sais-tu ce que nous pouvons sentir d'autre ?

Son intense rougissement était plutôt charmant. J'envoyai presque une image à Brokk quand je me souvins qu'il me bloquait encore.

— La chaleur te permet de te lier pour toujours à une créature magique. C'est la raison pour laquelle le Roi Cadavre te cherche ardemment. Il désire que tu sois sa femme.

Elle rigola, un son bancal.

— Qu'est-ce qu'il y a Saule ?

— Rien, dit-elle en secouant la tête. Il y a un jour, j'avais à peine parlé à un homme. À présent, tu me dis qu'un sorcier souhaite me marier. C'est incroyable.

— Pourquoi ? demandai-je. Le mage n'est pas le seul qui te cherche dans ce but, ajoutai-je quand elle ne répondit pas.

— Tu veux dire... commença-t-elle avec un mouvement brusque de la tête.

— Ouais, Saule. Tu es la femme parfaite pour un Berserker.

SAULE

— *B*erserker ? couinai-je. Est-ce ce que vous êtes ?

— Oui.

Le sourire de Leif était blanc et pointu.

Je retirai ma main de son étreinte.

— Alors je suis destinée à être votre femme.

Il inclina sa tête, encore content de lui. Je voulus gifler sa figure.

— Et nous vivons où ? Ici ?

Je lançai une main en direction des ruines. L'endroit semblait assez approprié. Isolé, sauvage.

— Ou dans une tanière forestière ?

— Non, répondit Leif alors que son visage se contractait. Nous t'emmenons à la montagne, notre maison. Nous réside-rons près du reste de la meute, dans une cabane que nous construirons pour toi.

Ses doigts attrapèrent une mèche de mes cheveux et la glissèrent derrière mon oreille.

— Tu nous appartiens, Saule, et par-dessus tout, nous

prenons soin de notre compagne, dit-il d'une voix qui s'adoucit un peu.

— Très bien, répondis-je après avoir pris une profonde inspiration.

Comment pouvais-je discuter ? Chaque moment qui filait, ils me racontaient quelque chose de plus atroce que le dernier.

J'avais passé la journée à réfléchir à la façon dont m'échapper. Le meilleur plan que j'avais trouvé était d'attendre mon heure et me lier d'amitié avec eux jusqu'à ce qu'ils baissent leur garde. Mais la pleine lune se levait cette nuit. Que ferai-je alors ?

Leif rôda derrière moi alors que j'escaladais la colline jusqu'à l'abri. Les poils à l'arrière de mon cou se dressèrent comme si un prédateur silencieux me traquait. Ce qui était justement le cas, je supposai.

Je m'assis sur un mur cassé pendant que le guerrier construisait un feu. Je ne devrais pas apprécier de le regarder, mais je le fis quand même. Son éblouissant visage attirait mon regard. Ses mains faisaient des corvées une tache rapide, elles étaient puissantes et agiles. Je ne pouvais pas m'empêcher de les imaginer caressant mes seins. Et tous ses coups d'œil dans ma direction déclenchaient un feu aussi vite que les flammes qui attaquaient les broussailles qu'il avait entassées au centre de l'abri.

La lune se leva lentement, éveillant avec elle ma terreur. Bientôt, ma chaleur viendrait sur moi et j'aurais à résister à un nouveau ravisseur, ma propre luxure.

Ma peau picota. Leif se tenait derrière moi, son odeur flottant dans ma direction.

— À quoi penses-tu, Saule ?

Ses cheveux frôlèrent mon épaule, son souffle réchauffant mon oreille.

— Rien.

Je tournai mon dos au soleil couchant. Leif se trouvait si près que nous nous touchâmes presque. Je mis mes mains dans mon dos pour ne pas céder à la tentation.

— Tu ne m'as pas encore repoussé, dit-il en penchant sa tête.

— Devrais-je ?

— Je m'attendais à ce que tu refuses de devenir notre compagne. Si tu as des doutes, je ferai de mon mieux pour te convaincre.

Il fit un sourire suffisant, ses canines en évidence.

— Je pensais que le moine avait prévu de nous vendre à n'importe quel homme qui offrirait une dot assez grande pour le tenter d'abandonner sa source de travail gratuit au métier à tisser ou dans l'apothicaire.

Je haussai les épaules et formulai mes mots pour ne pas mentir, mais faire tout de même croire à Leif que je ne planifiais pas de m'enfuir.

— Tout ce qui nous a été enseigné nous a appris à accepter notre destin. Ce n'est pas différent.

À l'exception que mon cœur bondissait à chaque fois que je m'approchais de lui ou de Brokk. De l'énergie bourdonnait en moi comme si ma peau anticipait leurs caresses.

— Même le moine prenait ce qu'il souhaitait de nous, déclarai-je en croisant les bras sur ma poitrine. Il ne m'a jamais touchée, mais il nous a dit que nous devions nous soumettre aux désirs d'un homme.

— Ne nous compare pas au religieux, dit Leif en me lançant des regards furieux. Nous ne te forcerons pas, ou ne te toucherons pas avant que tu sois prête. Ton corps brûlera jusqu'à ce que tu hurles et demandes que nos mains viennent sur toi.

Avec un demi-cri d'exclamation et un demi-sanglot, je me retirai. Comment avait-il su mes pensées ?

— Tu ne te soumettras pas à nos désirs, mais aux tiens, continua Leif d'une voix plus douce.

— C'est mal, dis-je. Vous avez la mauvaise femme. Vous devriez me ramener.

Peut-être que je pourrais les convaincre de me laisser partir. Je pouvais trouver un moyen de survivre, demander du travail. Je repérerais un nouveau village et deviendrais une servante pour mériter mes repas.

— Vous ne me désirez pas.

Des doigts s'enroulèrent autour de mon bras, m'attirant pour lui faire face une nouvelle fois. Je ne pus pas lutter, mais je refusai de croiser son regard.

— Saule, murmura-t-il. Tu ne sais pas à quel point nous te voulons. Pas grave. C'est notre plaisir de te l'apprendre. Nous avons cherché quelqu'un comme toi depuis que la sorcière nous a maudits.

— Quoi ?

— Une part de nous est corrompue. Nous l'appelons la bête et elle lutte pour se libérer. Quand elle le fera, ce sera la rage sur cette île. Tuer tous les êtres vivants et la transformer en terrain vague, tout comme souhaite le faire le Roi Cadavre. Tu es la seule qui se tient sur son chemin. La seule qui peut apprivoiser notre bête.

— Moi ? Comment puis-je ? Je ne connais même pas mon propre pouvoir.

— C'est vrai, mais tu apprendras, dit-il. Ce sera un honneur de te l'enseigner.

— Qu'en est-il de mes sœurs orphelines ? Que fera la meute...?

Leif me regarda avec patience.

— Non, dis-je en reculant.

— Tout va bien, Saule. Elles sont en sécurité. Elles seront en couple avec mes amis, qui les traiteront avec attention.

— Vous devez les laisser partir.

Mon argument ne l'influencerait pas, mais je devais essayer. Sauge ne souhaiterait pas être une femme. Elle ne voudrait même pas qu'un homme la touche. Je ne le désirais pas non plus, mais mon corps avait une volonté propre.

— Il ne leur sera pas fait de mal, calma Leif.

— Tu ne comprends pas. C'est mieux pour nous d'être isolées, à l'écart des hommes.

— Tu n'aimes pas les hommes ? questionna Leif en penchant la tête sur le côté. Alors pourquoi l'air est rempli de ton parfum ?

L'ombre cacha mon rougissement.

— S'il te plaît, ne parle pas de ça, chuchotai-je.

— As-tu peur, petite ? demanda Leif en fronçant les sourcils.

— Elle n'a pas peur de nous, retentit une voix grave derrière le mur. Elle a peur d'elle-même.

BROKK

*J*e marchai à grandes enjambées autour des pierres brisées, courbé sous le poids de l'énorme chevreuil que j'avais abattu. Les derniers rayons du soleil mourant me suivirent alors que je flânais vers le feu et que je lançais ma proie à terre.

— Des difficultés à la chasse ? demanda Leif.

Je grognai de manière négative. J'avais passé l'après-midi à étriper et préparer la carcasse, la suspendant à une haute branche pour la vider pendant que mon loup en appréciait les abats. Le daim nous nourrirait pendant un moment. La prochaine fois que je voudrai partir, je devrai présenter une nouvelle excuse.

— Nous devrions avoir un festin, annonça Leif, les yeux brillants. Je vais couper des branches pour faire une broche, continua-t-il, dégainant sa hache et sautillant au-dessus du mur le plus proche du lac.

Un homme ordinaire ne survivrait pas à la chute, mais, un instant plus tard, sa tête rouge s'agita en direction de la forêt.

— *Lâche*, appelai-je à sa suite.

— *C'est ton tour de la séduire.*

Il m'avait déjà pardonné de l'avoir laissé seul si longtemps avec la femme.

Saule fonça vers le mur d'où Leif avait sauté, mais s'arrêta juste avant de me dépasser.

— Va-t-il bien ?

— Oui. Ne t'inquiète pas pour lui. Pas grand-chose ne peut tuer un Berserker.

J'avais saisi une partie de leur conversation par le lien. Leif gardait ouvert son esprit pour moi, comme si l'ordure savait que je ne pouvais pas résister à espionner.

Je me mis à préparer le chevreuil pour le feu. Saule resta derrière. Pendant un moment, je pensai qu'elle allait discuter des évènements de la matinée, mais elle ne dit rien.

— *Tu peux aussi lui parler, tu sais,* transmit Leif.

— Par la barbe d'Odin, ne seras-tu jamais silencieux ?

— Quoi ? demanda Saule.

— Rien.

C'était mieux que je reste tranquille, de peur que j'effraie notre prisonnière et que je l'envoie courir pleurer à nouveau dans les bras de Leif. Le souvenir rendit mes mouvements violents. Je déchirai les jambes du daim avant de réaliser qu'un homme ordinaire ne serait jamais capable de faire une telle chose.

Le visage de Saule pâlit sous ses quelques taches de rousseur, mais elle n'avait pas encore fui.

— Désolé, marmonnai-je, et je me déplaçai pour bloquer sa vue de mon travail.

Elle fit les cent pas plus près. Des va-et-vient, des va-et-vient, et le feu mourant crépita de vie. Une fois que Saule eut fini de l'alimenter, elle épousseta ses mains, se tenant plus proche de moi que je m'y attendais.

Je détestai à quel point elle me faisait me sentir excité.

— Tu es parti un long moment, dit-elle.

Je grognai.

— C'est un gros chevreuil, ajouta-t-elle après quelques minutes. Allons-nous rester ici longtemps ?

— Assez longtemps. Nous pouvons tuer les Hommes Gris, mais il y en a beaucoup, et nous ne compromettrons pas ta sécurité. Leif t'a dit la vérité. Nous avons cherché pendant de nombreuses années, pour trouver une femme qui pourrait briser la malédiction. Nous ne risquerons pas ta vie. C'est la première fois que nous découvrons tant d'Hommes Gris à un même endroit.

— Le Roi Cadavre, dit Leif qui revenait, portant un jeune arbre nettoyé. Il aime rassembler les femmes-spae.

— Nous rassembler ?

— Oui, confirmai-je en la fixant d'un regard austère. Il continue à vous chasser, alors c'est important que tu restes proche et que tu tiennes compte de chaque mot que nous disons.

Elle déglutit et se maintint à proximité alors que nous embrochions le chevreuil.

— Pourquoi nous voudrait-il ?

— Il alimente sa vie avec le sang des femmes-spae, dis-je.

— *Brokk*, avertit Leif. Tu as de la magie, Saule. Tu es d'une race spéciale.

— Tu ne nous crois pas ? demandai-je.

— Vous êtes les premiers à me parler de ça, dit Saule en secouant la tête.

— C'est vrai, Saule, dit Leif. Tu es arrivée à l'abbaye bébé...

— Parce que ma mère m'a abandonnée...

— Elle ne t'a pas abandonnée, dis-je d'un ton sec. Je parie que les Hommes Gris ont senti son sang magique, l'ont prise, et t'ont laissée à l'abbaye pour que tu grandisses.

Je sus que j'avais dit la mauvaise chose quand Saule devînt plus blanche.

— Ma mère, chuchota-t-elle.

Je me souvins trop tard ce qu'elle avait vu au village. Son visage se contorsionna et elle se détourna.

— *Pourquoi as-tu dit une telle chose ?* questionna Leif en se précipitant à ses côtés.

Je fis les gros yeux.

— Viens là, fille. Tout va bien. Tu vas bien.

— Non, dit-elle en essuyant ses yeux. Vous me mentez. Je ne vous écouterai pas.

Elle s'enfuit de notre cachette.

— Va la voir.

Leif serra ses poings sur ses flancs, de la fourrure sombre ondulant le long de ses bras. Ses yeux brillèrent. Sa bête rôdait trop près pour qu'il la pourchasse.

— Moi ? rechignai-je tout de même. Que puis-je faire ?

— Utilise tes mots. Calme-la.

Je secouai la tête. Je ne savais pas comment être doux et attentionné. J'étais un guerrier. Je ne connaissais rien de la séduction d'une femme. Mais je ferais n'importe quoi pour la faire arrêter de pleurer.

Saule était assise sur un mur bas à l'extrémité de l'abri, faisant face au lac. Elle portait toujours la peau autour de ses épaules, la serrant près. Le geste me donna de l'espoir.

Je me posai sur le mur, à quelque distance d'elle.

— Je m'excuse. Je dis souvent ou fais le mauvais truc. Ils m'appellent le Visage de Pierre, admis-je. Je suis comme un roc au combat, mais j'ai une langue maladroite.

Elle sourit un peu, mais sans joie.

— Tout est beaucoup trop, dit-elle en essuyant ses yeux.

Je lançai un soupir.

— *Va vers elle*, dit Leif. *Mets ton bras autour d'elle.*

— *Sors de ma tête*, lui dis-je, mais sans méchanceté.

— Viens vers moi, ordonnai-je et je lui tendis la main.

Elle fit d'abord un écart. Je la regardai ronger sa lèvre,

puis se décider. Ramassant ses jupes, elle fit ce que je proposai.

Je n'attendis pas qu'elle proteste. Je la serrai dans mes bras, tenant sa tête sur ma poitrine. Elle frissonna et s'immobilisa. Avec un petit soupir, Saule relâcha son corps moelleux contre moi. Je patientai une minute merveilleuse, inhalant la délicieuse odeur de ses cheveux. Nos cœurs cognant à l'unisson.

— Je ne suis pas un homme gentil, lui dis-je. Mes mots sont insipides. Je ne suis pas intelligent comme Leif. Mais je te dirai ceci, Saule.

Me déplaçant, je rassemblai sa chevelure en arrière pour que ma main puisse tenir tendrement sa gorge.

— Si j'avais su le jour où les Hommes Gris sont venus te prendre à ta mère, j'aurais alors veillé sur toi. À partir de ce jour, tes ennemis sont mes ennemis, et rien ne peut tenir tête à un Berserker.

LEIF

*L*e géant cerf rôtissant pour notre souper fit beaucoup pour nous remonter le moral. Saule resta silencieuse, enfilant ses doigts les uns dans les autres, ou plumant la peau qu'elle portait autour des épaules. Pourtant, après tout ce qu'elle avait traversé, elle paraissait accepter sa captivité.

Quand elle picora sa nourriture, Brokk secoua la tête.

— Tu mangeras davantage, commanda-t-il, transperçant une autre portion et la faisant planer devant elle, les bras croisés sur sa poitrine, jusqu'à ce qu'elle l'engloutisse.

Je cachai mon sourire. Les deux se rapprochaient. Cela n'avait aucune importance que Brokk agisse de manière bourrue et autoritaire. Saule avait commencé à lui faire confiance.

— Prends un oignon.

J'en perforai un et le lui tendis, toujours sur le couteau. Nous en avions trouvé quelques sauvages et les avions rôtis dans les braises.

— Je suis remplie, marmonna-t-elle, mais que je secouai la

racine devant elle, elle la saisit et la mâcha sans plus de discussion.

— Bonne fille. Nous t'engraisserons en un rien de temps.

Elle roula ses yeux, mais alors que Brokk et moi continuions à dévorer notre viande, elle s'étira sur les peaux, la main sur l'estomac et soupira, un bruit de satisfaction. Mon loup se sentait content, notre compagne semblait heureuse.

— C'est la pleine lune ce soir, remarqua Brokk.

Saule fit un mouvement brusque et se lança sur ses pieds. Alarmés, Brokk et moi nous levâmes à moitié aussi, vigilants au danger.

— Qu'est-ce qu'il y a, fille ?

— La... la lune, bégaya-t-elle. Je dois... Vous devez rester à l'écart.

— Pourquoi ? questionnai-je en fronçant les sourcils. Que se passe-t-il ?

— La fièvre... elle me prend. Je ne sais pas ce que c'est, admit-elle. J'ai prié de nombreuses fois pour ma libération.

— Quels sont les symptômes de cette fièvre ? demanda Brokk.

Lui et moi partageâmes la même pensée.

— S'il vous plaît, ne me faites pas le dire.

Je lâchai un grognement grave, pas dirigé vers elle. Mon loup devint agité, sentant sa peur, et cela excita la bête.

— *Reste calme, frère,* dit Brokk en ouvrant son esprit à moi, partageant son contrôle. Dis-nous, Saule, articula-t-il tout haut.

Nous attendîmes.

— Parle-nous de ces chaleurs qui viennent sur toi, continua-t-il quand la femme ne prononça rien. La ressens-tu dans tes seins et dans ta chatte ?

Je n'eus pas besoin de la pleine lumière pour voir la rougeur grimper sur son visage.

Elle acquiesça.

— Ce n'est pas une maladie. Il n'y a rien qui ne va pas chez toi, ou chez n'importe quelle femme qui en souffre. Les chaleurs sont l'une des raisons qui font que tu es adéquate pour être une femme de Berserker. Ton parfum nous appelle, dit Brokk. Il excite et apaise à la fois la bête. Soumets-toi à nous et tout ira bien.

Sa tête fit un mouvement brusque pour dire non.

— Oui.

Brokk se déplaça d'un pas raide derrière elle, bloquant sa fuite au cas où elle fonce pour partir de l'abri et qu'elle court.

— Nous pouvons guérir ta fièvre.

— Comment ?

— Nous te baiserons jusqu'à ce que tu ne puisses plus marcher.

Saule devint rigide.

— *N'avions-nous pas décidé que je serais celui qui lui explique les choses ?* questionnai-je en lançant des regards noirs à Brokk.

— *Je dis la vérité.*

— *La vérité sort mieux d'une langue de baratineur.*

— N'aie pas peur, fille, dis-je après m'être éclairci la gorge. Nous avons fait le serment de ne pas te toucher avant que tu sois prête. *Un que nous respecterons.*

Brokk acquiesça.

— Ce que Brokk a essayé de te dire c'est qu'importe ce dont tu as besoin, nous te le donnerons. De quelle façon souhaites-tu que nous t'aidions ? Nous ferons ce que nous pouvons pour atténuer ta souffrance. Nous sommes tes compagnons. Nous nous occuperons de tous tes besoins. *Tu vois, Brokk ? Des mots doux. Un ton mielleux.*

— Je n'ai besoin de rien venant de vous, dit-elle, avec une étincelle de férocité que j'avais remarquée au début chez elle.

Elle la gardait enterrée, vaincue, mais elle était là. Elle jeta un coup d'œil derrière elle vers Brokk qui interrompait sa fuite, et du désespoir s'éleva dans son odeur.

— Non ? Qu'en est-il du Roi Cadavre ? Penses-tu qu'il serait capable de résister au parfum de ta délicieuse chatte ? Tes chaleurs l'appellent, comme elles le font avec nous.

— Je lui donnerais une semaine pour te trouver, grogna Brokk.

Les traits de Saule se déformèrent de douleur. J'avais envie de la réconforter, mais nous devions lui faire comprendre.

— Nous ne le laisserons pas te prendre. Tu es à nous, et rien qu'à nous. Mais le jour viendra où ta chaleur sera trop, et alors, tu nous supplieras de la soulager. Tu le dois.

Elle secoua la tête, ses mains serrées en poings.

— Je déteste ça, chuchota-t-elle, trop bas pour que nous entendions. Je déteste ça. Je me déteste.

— Viens là, Saule, commanda Brokk

À ma surprise, elle alla vers lui. Il saisit son menton entre deux doigts.

— Tu es notre compagne. Je sais que tu n'y crois pas, mais bientôt tu le comprendras, au fond de toi. Et nous veillerons sur toi.

Chaque mot sortit comme un ordre, et Saule se décontracta davantage, ses yeux devenant tombants.

— Dis-moi que tu comprends.

— Je comprends, souffla-t-elle.

Son corps, sa nature soumise répondaient aux ordres de Brokk, même si son esprit luttait. Sa main glissa à l'arrière de son cou, prenant au collet la hampe fragile. Son épaule se détendit et sa respiration se calma.

Ma bite palpitait dans ma culotte. Je pris une profonde inspiration, remplissant mes poumons de sa délicieuse odeur.

— Bien, ronronna presque Brokk. Quand la chaleur

viendra sur toi, tu seras en sécurité. Nous te surveillerons et nous nous assurerons que rien n'arrive.

— Mais... lâcha-t-elle et elle s'arrêta.

— Qu'est-ce qu'il y a ?

Elle fit pendre sa tête.

— Ce que je fais... la façon dont j'agis... c'est inconvenant.

— Nous sommes tes compagnons, dit-il en renversant à nouveau son menton. Avec nous, tu n'as pas besoin de te cacher.

SAULE

*J*e me posai sur le mur, mes bras enveloppés autour de mes genoux, faisant face à la lune. Le poids réconfortant de la peau de loup sur mes épaules. Derrière moi, les deux hommes étaient assis près du feu, discutant. Ils parlaient de chasse et de la pose de pièges, ainsi que de nombreux oiseaux nichant près du lac. De temps à autre, ils faisaient une pause et mon dos fourmillait en les sentant me regarder. Reconnaissante qu'ils gardent leurs distances, je n'avais pas besoin qu'ils s'approchent pour être consciente de leur présence. Mes pensées tournaient autour d'eux en cercles sans fin.

Que pouvais-je faire ? Mon corps se languissait, humide et prêt. Bientôt, la lune m'attirerait dans son étreinte. J'entrerais en chaleur et perdrais tout bon sens.

Je devais m'éclipser. Pas loin. Je n'étais pas assez imprudente pour essayer de m'échapper et risquer de tomber dans les mains des Hommes Gris. Mais je devais me cacher pour la nuit.

— Je suis prête à aller me coucher, annonçai-je en me levant.

Les guerriers me regardèrent me diriger vers les fourrures. Soit la lumière jouait des tours, ou leurs yeux brillaient réellement à la lueur de la lune.

Je m'allongeai, le corps palpitant. Bientôt, mes chaleurs me prendraient et je désirerais rejeter la peau et enlever mon fourreau. Je tressai et retressai la longueur de mes cheveux jusqu'à ce que des pas craquent près de ma tête, et je me forçai à rester immobile.

Une part de moi espérait qu'ils se changeraient en loups. Bien que j'eusse peur de la transformation de Brokk, je ne pouvais pas nier que je me sentais plus à l'aise à proximité de lui sous sa forme canine. La magie avait été... surprenante. J'avais vu tant de choses horribles et bouleversantes depuis que j'avais quitté l'abbaye, le pouvoir des combattants semblait presque réconfortant. Ils disaient qu'ils me protègeraient, et sans comprendre pourquoi, je les croyais.

De plus, Brokk souriait davantage quand il était un loup.

Un grand corps se posa à côté de moi. Je luttai pour ne pas me raidir. Un deuxième s'installa de l'autre côté. Ils m'avaient piégée.

La pensée me fit me tendre et m'excita en même temps.

— Du calme, fille, murmura Leif. Nous te protègerons cette nuit.

Aucun des deux guerriers ne me toucha. Ils ne parlèrent pas non plus à nouveau. Je gardai mes yeux fermés, et après un moment, leur respiration s'apaisa.

Ce serait sage d'attendre, alors je restai aussi longtemps que je l'osai. Allongée là, enroulée entre eux comme une graine dans une gousse, je me sentis réchauffée, en sécurité. Mais la lune se levait plus haut à chaque seconde qui passait. Ma chair s'accorda avec la lumière, tremblant d'une énergie licencieuse.

Plus longuement je restais, plus la lente douleur inévitable montait dans mes seins et entre mes jambes. Je pouvais sentir mon excitation musquée, mais je n'étais plus gênée. Les guerriers m'avaient enlevée de ma maison et avaient insisté pour me garder. Laissons-les souffrir.

Une part de moi souhaitait qu'ils n'aient pas juré ce serment. Ce serait si facile de rouler soit sur la gauche ou la droite, et glisser mon bras autour d'une large épaule. Mes lèvres trouveraient les leurs, se régalant du frottement de leurs courtes barbes sur ma peau tendre. Ils étaient grands et lourds de muscles. J'avais envie de leurs poids au-dessus de ma petite silhouette, m'épinglant, me maintenant au sol, leurs caresses à la fois satisfaisantes et me rendant folle.

Un halètement échappa mes lèvres, spontané. Je serrai les poings, luttant pour ne pas toucher entre mes jambes. Dans l'abri de jardin, j'avais l'habitude de m'emprisonner afin que je ne puisse pas atteindre mes parties inférieures. Le matin, Sauge me libèrerait et je cacherais les marques rouges sur mes poignets et mes chevilles sous une robe à manches longues.

L'abbaye était si loin, à plusieurs kilomètres. Mon temps là-bas ressemblait presque à un rêve, et cet instant, à être étendue entre deux combattants, si réel. J'entendais chaque respiration, sentais chaque soupir tel un tremblement au travers de mon propre corps. Mes sens s'intensifièrent comme ils ne l'avaient jamais fait. La chaleur, refusée par les évènements de la nuit précédente, m'écrasa de manière décuplée.

Quand je ne pus plus résister, je me levai et me faufilai. Sans jeter un coup d'œil pour m'assurer que les guerriers dormaient encore, j'escaladai le mur et retombai sur la douce pelouse verte, derrière. Laissons-les se réveiller et me pourchasser, s'ils le devaient. Je devais au moins essayer de trouver de l'intimité, et j'avais une idée.

À mi-chemin de ma destination, je sentis du mouvement derrière moi. Les combattants me suivaient. Ils ne faisaient aucun bruit. Pensaient-ils que j'étais prise d'une transe, bercée par la lune ? Peut-être que je l'étais.

J'ignorai leurs géantes ombres insidieuses. Laissons-les venir. Laissons-les regarder. Laissons-les désirer.

Décortiquant mon fourreau alors que j'avançais, je marchai sur la rive du lac. J'avais appris à nager à l'abbaye, dans le petit étang de boue et de grenouilles coassantes. Les grenouilles ne m'importunaient pas, et je me délectais de l'eau chaude alors que les autres filles restaient à distance.

Ce soir, l'eau m'attira, le lac une écuelle noire prédisant l'avenir et reflétant la lune. Je marchai si loin dans l'eau, qu'elle lécha ma taille.

— Saule, appelèrent les guerriers.

Je m'arrêtai et attendis jusqu'à ce que les ondulations disparaissent.

L'eau enveloppa mon corps brûlant avec une bouffée froide des profondeurs. La lune dépeignit un chemin entre moi et la rive où se tenaient les combattants. Je frémis. J'étais un vaisseau impur. Si je levais les bras, est-ce que la lueur de la lune me nettoierait ?

Le moine dénonçait les anciennes religions, les rites du printemps. Une prêtresse s'allongeait avec un homme, le guerrier portant les cornes de bois, la déesse et le dieu s'unissaient en une alliance profane. Le religieux nous avait dit que c'était mal. Mais mes pensées y revenaient encore et encore. Je ressentis une profonde douleur dans mes reins, un empressement. Je désirai un rituel maudit et malfaisant. Que disait cela de moi ?

— Saule, que fais-tu ?

— Je combats la malédiction, dis-je à travers l'eau.

Mes dents claquèrent.

— Dois-tu lutter ?

— Je le dois. J'aimerais que ce ne soit pas comme ça.

— Saule, dit Brokk en s'accroupissant sur la rive. Viens à moi.

— Non.

Ma supplication se brisa sur mes lèvres alors même que mes pieds exécutaient l'ordre du guerrier. Qu'importe à quel point il semblait grossier et affreux, je ne pouvais résister à ses commandes.

— S'il te plaît, laisse-moi me cacher. Je vais perdre le contrôle.

Je pleurai presque.

— Non, petite. Tu dois t'abandonner. Donne-toi à nous. Obéis, et nous te garderons en sécurité.

Mes larmes avaient séché quand je l'atteignis. L'eau se détacha de ma chair nue, révélant chaque centimètre. Leif se tenait encore dans l'ombre. Il ravala une bouffée, mais Brokk ne sourcilla pas.

— Depuis combien de temps souffres-tu de ces chaleurs ?

— Depuis que je suis devenue femme, mais cela s'est empiré. Je ne peux pas me retenir. Je ne peux pas...

Il me fit taire, se levant.

Je réalisai que je tremblais, pas si insensible que je le croyais à la fraîcheur de la nuit. Brokk enleva son justau-corps et le posa sur moi. Il sentait son musque viril et portait encore la chaleur de son corps. L'odeur me rendrait folle.

— Je ne sais pas quoi faire, m'étranglai-je. Je ne peux pas le contrôler. Le Roi Cadavre me trouvera...

— Saule, souhaites-tu que nous t'aidions ? Feras-tu ce que nous ordonnons ?

— Oui. N'importe quoi, juste épaulez-moi.

— Tu dois obéir. C'est important, dit-il d'une expression sévère. Tu ne dois pas nous combattre, grinça-t-il. Cela incite la bête et notre contrôle est déjà mince. Promets-le-moi.

— Je le jure.

— Et tu ne te cacheras pas de nous. Nous connaîtrons chaque pensée, chaque peur, afin que nous puissions prendre soin de toi. Es-tu d'accord ?

— Oui. S'il vous plaît, j'ai si peur...

— Chut, dit-il, et il enveloppa ses bras autour de moi.

— Amenons-la au feu.

Leif resta en arrière, et, pour une fois, il parut aussi sérieux que Brokk.

Brokk me porta jusqu'au repaire. Il me proposa de m'asseoir sur une pierre drapée d'une peau à proximité du feu. Leif garda le brasier vif. Il partit plusieurs fois et revint avec davantage de petit bois. Brokk demeura près, frictionnant mes mains et tressant mes cheveux en arrière.

— Dis-moi ce qu'il se passe, demanda Brokk en jetant un coup d'œil à la lune, encore haut sur son trône céleste. Nous avons besoin de savoir à quoi nous attendre.

— J'ai mal, expliquai-je en touchant ma poitrine. Jusqu'au bout des ongles. Mon corps se réchauffe. J'ai besoin de trouver un moyen de l'apaiser.

— Ton parfum devient attirant, grommela Leif.

— Quoi d'autre, Saule ? questionna Brokk après avoir fait un signe de la main à son ami pour le faire taire.

— Mes seins, mes reins... tout se languit de désir. Je veux ce que je ne devrais pas désirer.

— Pourquoi résistes-tu ?

— Ce n'est pas bien, dis-je en secouant la tête. Je ne dois pas le laisser me contrôler. Et pourtant... il y a des choses que je souhaite.

Les guerriers échangèrent des regards.

— Vous ne devez pas me toucher, m'exclamai-je en devenant hors de moi. Vous ne devez pas.

— Je te donne ma parole, dit Brokk en levant une main pour que je sois silencieuse. Nous ne te toucherons pas. Pas ce soir, même si tu nous supplies.

— Merci, me détendis-je.

— À présent... commença-t-il en se mettant à l'aise à quelques pas de là où j'étais assise. Écarte tes jambes.

Je me figeai.

— Fais ce que je dis et je te garderai en sécurité, même de toi-même.

Mon battement de cœur accéléra, mais je ne pouvais pas lui dire non. Son justaucorps arrivait à la moitié de mes cuisses, mais quand j'écartai mes jambes, il remonta plus haut. Ils pouvaient voir mon centre humide. Ma honte. Je lâchai un petit sanglot.

— Touche-toi.

— Quoi ?

— Mets ta main entre tes jambes, comme tu désires le faire, expliqua-t-il en penchant sa tête sur le côté. Ne t'es-tu jamais touchée ?

— Non, chuchotai-je.

Le faire était interdit. Quand le moine découvrait des filles se touchant, il les enfermait. Sauge et moi évitions les punitions, car nous nous cachions.

— Fais-le maintenant, Saule, ordonna Brokk. Tes ravisseurs le demandent.

D'une bouffée à mi-hauteur, je fis planer ma main sur mon centre palpitant, mais je ne pus pas le toucher.

— C'est mal, gémis-je.

— Doucement, fille. Commence plus haut. Palpe ton visage, dit Leif. Juste un doigt. Fais-le courir sur tes lèvres. Sont-elles douces ?

— Oui.

— Maintenant plus bas, dit Brokk d'une voix plus grave. Fais-le filer le long de ton cou, au-dessus de tes seins. Maintenant, entre. Veux-tu tâter tes mamelons ?

— Oui.

— Tu ne le feras pas. Tu n'as pas la permission.

Je geignis. Le ton sévère de sa voix fit s'épancher du liquide de ma chatte. Mes seins palpitèrent, désirant de l'attention.

— Tu ne toucheras pas tes seins sauf si nous te l'ordonnons. Bientôt, tu nous supplieras de les caresser.

Je laissai sortir un gémissement.

— Tu obéiras ou tu seras punie, dit Brokk. À présent, glisse ta main plus bas, sur ton ventre. Entre tes jambes. Et... arrête-toi. Que ressens-tu ?

— De l'humidité, répondis-je. De la chaleur.

— Ce que tu touches nous appartient maintenant, dit Brokk d'une voix qui s'aggrava jusqu'à un grognement. À l'abbaye, tu t'es ficelée avec des menottes. À présent, tu nous obéiras ou nous t'attacherons. Comprends-tu ?

— Oui.

Mon cœur battit plus vite. Je sentis un picotement de réaction entre mes jambes.

— Caresse-toi gentiment, commanda Leif. Le plus léger contact de tes doigts.

— Maintenant, lève-les, et mets-les sur ta langue, dit Brokk.

Je fis ce qu'il ordonnait, tremblante. J'avais un goût un peu sucré. Quand je le leur dis, les deux guerriers grognèrent.

— Très bien, Saule. Tu te débrouilles bien.

Brokk se décala un peu, ajustant sa culotte. Son sourcil se fronça de concentration.

— Allonge-toi sur le dos.

Je bougeai comme en transe et glissai pour que mon cul s'appuie sur la peau et que ma tête soit posée sur la pierre.

— Les jambes écartées, afin que nous puissions te voir, grinça Brokk. Mets ta main sur ta chatte.

À la pression la plus légère, je lâchai un petit soupir.

— Tu ne feras pas ça à moins que nous l'ordonnions, comprends-tu ?

Le ton strict de Brokk envoya des fourmillements de haut en bas de mon corps.

— Oui, soufflai-je.

Je devrais me sentir effrayée, effectuant cette action interdite, mais je ne ressentais rien à part de l'excitation. Ses ordres me rendaient forte.

— Garde tes jambes écartées, ordonna Brokk. Encore plus.

Je fis comme il proposait et laissai ma main tracer le contour de mes lèvres inférieures.

— Reste ouverte. Montre-moi ton humidité.

Je le fis et quelqu'un, peut-être Leif, ravala une bouffée.

— Magnifique. Continue à frotter de haut en bas. Utilise deux doigts.

Mes lèvres inférieures palpitaient du contact le plus brut.

— J'ai besoin...

— Chut. Nous te donnerons ce dont tu as besoin.

C'était trop, les guerriers me fixant, les profonds désirs de mon cœur, l'attraction de la lune. Mon plaisir jaillit précipitamment.

— Je... commençai-je, mais mes mots se finirent en cri.

Mon ventre et le bas de mon dos se tendirent. Une grande vague me percuta, de la chaleur se répandit en moi, des éclairs clignotèrent derrière mes yeux. Mes lèvres inférieures papillonnèrent autour de mes doigts, mon canal fut douloureux à la sensation de vide, désirant être rempli.

— Bonne fille, félicita Brokk.

Il s'était assis plus près. Ses yeux brillaient. Je voulus tendre la main et le toucher, sentir si sa peau brûlait aussi fort que la mienne.

— D'ici la fin de la nuit, tu apprendras à demander la permission avant de prendre ton plaisir, me dit Brokk. Autrement, tu seras punie.

Dans un brouillard, j'acquiesçai.

— Bien, s'éclaircit-il la gorge. Maintenant, touche-toi à nouveau.

BROKK

— *E*lle t'aime bien, dit Leif.
— Ce n'est pas vrai.

J'étais appuyé contre le mur, regardant Saule dormir. Nous lui avions ordonné de jouir encore et encore, observant ses mains sur les pétales de son sexe. Nous l'avions épuisée.

Après qu'elle était tombée de sommeil, nous avions marché tous les deux sur le bord de la paroi et trouvé notre propre soulagement, haletant alors que nous peignions les pierres de notre semence.

— Elle te fait confiance, alors, dit Leif. Elle obéit à tes ordres.

— Elle a grandi selon des règles strictes. Des menottes se trouvent dans son esprit.

— Nous devons les briser, alors, et bientôt. À tout moment, les espions du Roi Cadavre pourraient nous découvrir, mais nous devons nous lier à elle avant de repartir. La revendiquer avant de la présenter à la meute.

Leif fronça les sourcils.

— Tu es sûr qu'elle est à nous ? Peut-être qu'elle est destinée à un autre.

Mon cœur en espérait autrement, bien sûr, mais il m'avait trahi. La dernière fois que j'avais aimé une femme, cela s'était fini dans la douleur.

J'avais à peine lâché les mots que je heurtai la pierre. Leif pressa son visage près du mien, ses crocs sortis, son corps prêt à se Transformer en bête.

— Elle est à nous, grogna-t-il, ses yeux rayonnant d'une lumière vive.

— Contrôle-toi, dis-je d'un ton sec.

L'ordre vint de mon esprit. Cela le maintint raide jusqu'à ce que la bête recule et que Leif revienne.

Il me lâcha. Je respirai fortement de m'être retenu d'attaquer.

— Mes excuses, frère, s'exclama Leif.

Il attendit mon signe de tête tendu avant de s'éloigner.

Je soupirai. Mon frère d'armes avait tenu bon si long-temps, sa bête luttant pour prendre le contrôle. Cela ne le ferait pas pour lui de le perdre quand nous avions notre compagne à portée de main. Leif était gouverné par la passion, mais j'avais appris il y a bien longtemps à me garder du désir. Je ne pouvais pas me permettre ne serait-ce que le plus simple sentiment, même si la petite femme endormie près de moi attirait mon cœur.

LEIF

L'aube avait percé quand je revins de la chasse.

Nous avions encore de la viande de la dernière proie, mais jusqu'à ce que nous arrivions à faire accepter notre revendication à Saule, nous serions heureux de ne pas avoir à partir pour aller chercher de la nourriture.

Le musque de son excitation était toujours en suspension au-dessus de l'abri, et le souvenir de ses cris... j'avais dû prendre ma bite en main deux fois depuis qu'elle avait joui sous la pleine lune, et pourtant elle paraissait encore dure comme de la pierre.

Je laissai tomber le paquet de lapins sur un caillou pour les nettoyer et je jetai un coup d'œil aux alentours.

— Où est-elle ? demandai-je à Brokk.

— Dans le lac. Je peux entendre ses éclaboussures... elle n'ira pas loin.

— Tu lui fais plus confiance que moi.

— Si elle désobéit, elle sera punie, dit-il en me faisant un air espiègle.

Ma bite pulsa dans mes haut-de-chausses à cette idée. Brokk agissait de manière stricte, mais je pouvais lire l'enthousiasme qu'il essayait si durement de réprimer. Laissons-le prétendre qu'il n'avait pas de sentiment. Il voulait la femme autant que moi. Il se cramponnait à la prudence, mais bientôt il ne serait pas capable de résister aux charmes de Saule.

Je descendis en trottinant vers le lac et m'arrêtai sur mes pas. La femme se tenait dans l'eau, une nymphe m'attendant. Ses cheveux noirs couvraient ses seins, ses yeux étaient fermés, la tête renversée en arrière. J'arpentai la rive, assimilant chaque angle, mais cela me prit un moment pour réaliser qu'elle avait sa main entre ses jambes.

— Fille, résonna mon cri, ce qui surprit les oiseaux sur le rivage.

Elle leva les yeux en sursaut et son orgasme la rafla. Elle trembla, essayant de le retenir, mais elle ne put pas empêcher ses couinements de surprise.

Je souris largement. Elle avait brisé une règle. Une bonne chose que je fus venu la voir ou bien elle aurait pu ne pas être attrapée, son orgasme avait été si silencieux. Un jour, je m'amuserais à la taquiner, lui disant de se contenir, alors même que je forçai son orgasme à jaillir. Ce jour-là, elle ne serait pas capable d'étouffer ses cris.

Je levai ma main et lui fis un geste de s'approcher.

Elle vint et ramassa son fourreau, ses yeux baissés. Elle ne parut plus embarrassée par sa nudité. Un signe satisfaisant. Notre petite femme était une dévergondée, même si elle en était consternée.

— Que t'a dit Brokk à propos de prendre ton propre plaisir ? questionnai-je en empoignant son menton et en le tirant vers le haut.

— Il a dit que je ne devrais pas le faire, grommela-t-elle alors que je sentais qu'elle se rassemblait pour discuter. Je suis supposée vous attendre.

— Oui, confirmai-je. Ton plaisir est à l'appréciation de tes compagnons.

Ses mains se retroussèrent en poings sur ses flancs. J'espérai à moitié qu'elle essaierait de me frapper. La punir serait si délicieux.

— J'ai tout juste découvert comment me donner du plaisir, dit-elle. Vous ne me le prendrez pas.

— Quand Brokk t'a parlé au début de la façon de te toucher, comment t'es-tu sentie ?

— Honteuse, lança-t-elle.

— Et que ressens-tu maintenant ?

Elle s'était faufilée et s'était cachée de nous. Nous ne pouvions pas la laisser retomber dans le schéma qu'elle avait à l'abbaye, se dissimuler par peur qu'elle ne serait pas acceptée. Profondément, elle souhaitait être aimée pour ce qu'elle était, la luxure et tout le reste. Nous l'amadouerions pour qu'elle perde son habitude de crainte et de négation d'elle-même.

— Bien ? Qu'est-ce qui t'a fait vouloir quitter Brokk et moi-même, et te toucher là où tu ne pouvais pas être vue ?

— La honte, chuchota-t-elle.

— Quand tu es avec nous, fille, tu ne devrais ressentir que du plaisir.

Je ne pus m'empêcher de suivre la trace d'une goutte d'eau le long de la pente de ses seins. Elle frissonna et son parfum devint indigent.

Je la fis marcher nue devant moi pour retourner à notre cachette, les vêtements dans ses bras.

Brokk se tenait debout à patienter, ses bras croisés sur son torse.

— Tu as essayé de te cacher de nous, Saule, quand tu as promis de ne pas le faire.

— Je suis désolée.

— Va au mur, dit-il en le désignant. Pose ton nez dessus. Reste là et attends que nous décidions de ta punition.

Avec un regard résigné dans ma direction, elle le fit. Il

l'approcha une fois pour mettre une peau autour de ses épaules et glisser ses cheveux mouillés en arrière pour qu'ils ne rafraîchissent pas sa peau.

Elle se balança sur ses pieds jusqu'à ce que Brokk donne un ordre coupant.

— Reste tranquille.

Elle ravala une bouffée à son ton sévère. Mais, dans les minutes qui suivirent, le repaire se remplit du musque de son excitation.

— *Elle répond bien à tes commandements.*

Brokk grogna. Il ne sourit pas, mais un air satisfait plana sur le coin de sa bouche. Notre femme apprendrait nos règles et elle prospèrerait avec. Quand elle se sentirait confortable avec nous et accepterait sa vie en tant que femme-spae, nous lui autoriserions à avoir une totale liberté. D'ici là, elle supplierait pour rester notre prisonnière.

— Où sont les liens de cuir ? me demanda-t-il, puis il me précisa ce qu'il voulait d'autre.

Une fois que nous eûmes assemblé ce dont nous avions besoin, il l'a rappela.

— Saule, viens vers moi, dit-il en laissant tomber une peau à ses pieds et en la pointant du doigt. Agenouille-toi là.

Quand elle le fit, il se pencha en avant et toucha son dos jusqu'à ce qu'elle l'arque davantage, puis il donna un petit coup de coude à ses genoux pour qu'elle les écarte plus, jusqu'à ce qu'elle soit assise avec grâce exposée devant lui. Son expression resta sévère et effrayante, mais Saule leva le regard avec de grands yeux confiants, attendant son prochain ordre. Ma bite palpita de jalousie.

Une fois que Saule fut agenouillée de la façon qu'il aimait, Brokk la récompensa avec une douce caresse, touchant sa joue.

— Bientôt, nous retournerons auprès de la meute. Tu nous accompagneras. Les loups vivent d'après des règles strictes. Il y a un ordre, une hiérarchie qui fait que les choses se déroulent bien. Le plus faible suit toujours le plus fort.

Son doigt longea une mèche de ses cheveux jusqu'à l'endroit où elle s'enroulait sur ses seins.

— Et, tout de suite, qui est la plus faible ici ?

— C'est moi, dit-elle.

— Alors, à qui devrais-tu obéir ?

— Vous, dit-elle alors que son regard se précipitait vers moi. Et Leif.

Brokk prit son menton, attirant son attention.

— Je sais que c'est nouveau, petite, mais nous apprendrons ensemble. Pour le moment, ceci t'aidera.

Il souleva les bandes de cuir mou que nous avions préparées.

— Lève-toi, dit-il. Ferme les yeux.

— Quoi... commença-t-elle à demander, mais il pinça ses tétons tellement fort qu'elle s'exclama et fit un pas en arrière.

Je me mis sur mes pieds.

— *Non, Leif,* dit Brokk sans me jeter un regard.

La poitrine de Saule se leva et tomba, et ses yeux étaient plus grands que jamais, mais elle fixa Brokk, fascinée.

— Tu nous as demandé de t'aider. Me feras-tu confiance ?

Elle fit un léger signe de tête, mais ce fut suffisant pour me détendre.

— Alors, fais ce que j'ordonne, murmura Brokk.

Je regardai, subjugué, alors qu'elle revenait vers là où elle avait été et fermait les yeux.

Brokk tendit la main et je m'avançai avec le reste des liens de cuir mou. Ensemble, nous attacherions notre femme de la façon que nous souhaitions.

La première lanière de cuir couvrit le dessous de ses seins, le cuir mou entourant son étroite cage thoracique. Elle traversa au-dessus et en dessous, et à nouveau en sens inverse, jusqu'à ce qu'elle porte un harnachement qui supportait ses seins et les soulevait au niveau de nos yeux. Ses tétons étaient petits, des bourgeons roses tendus sur les magnifiques globes pâles.

— Adorable, murmura Brokk.

Saule laissa sortir un soupir frémissant.

— Je sens ton excitation, lui dis-je en faisant courir un doigt le long de son dos. Cela me plaît.

Une chair de poule se leva sur son cul alors que je le caressais.

— Si lisse et doux.

Je saisis son entrejambe dans ma main et elle s'appuya contre mon contact, faisant un bruit grave avec sa gorge.

Brokk s'éclaircit la gorge. Je fis un pas en arrière, mais pas avant d'avoir pincé son derrière pulpeux. Il était d'une taille parfaite pour le caresser de mes grandes mains, ou pour le gifler. Plus que tout, je voulais marquer sa peau pâle, la faire devenir rouge.

Brokk vérifia les lanières enveloppées autour de son torse nu, et s'installa confortablement sur ses talons.

— Qu'en penses-tu Leif ?

— Elle est adorable. Une rose magnifique, déclarai-je, et mon frère d'armes roula presque des yeux.

Saule rayonna, ses joues roses.

— Si belle, particulièrement quand elle obéit. Pourtant, elle a défié nos ordres. Nous devons maintenant respecter notre vœu de la guider. La punition est de mise, ne penses-tu pas ?

— Oui, dit Brokk en prenant davantage de sangles en cuir. Mais, d'abord, d'autres liens. Élargis ta position.

Il toucha Saule et l'aida à bouger son pied de plus de la longueur d'une épaule. Cette fois, les lanières allèrent autour de chaque jambe et s'enroulèrent encore et encore autour de ses hanches, créant un harnais pour encadrer son monticule. Les dernières bandes courraient du centre des bretelles des hanches jusqu'entre ses jambes. Le cuir mou faisait pression directement entre ses pulpeuses lèvres inférieures, rebondies et brillantes de son excitation collante. La respiration de Saule augmenta. Ses mains se retroussèrent en poings, ses cuisses se tendant alors que Brokk effleurait sa zone sensible encore et encore.

— Mets tes mains sur la tête, ordonna Brokk, et elle le fit.

La position soulevait magnifiquement ses seins.

Quand il eut fini, elle avait un harnais autour de ses hanches aussi bien qu'autour de sa poitrine, une ceinture de fortune qui l'empêcherait à la fois de se toucher et qui la tourmenterait. À chaque mouvement, le cuir dérapait contre sa fente qui devenait sombre et glissante.

— Tu peux ouvrir tes yeux et regarder si tu le souhaites, dit Brokk.

Sa respiration se raccourcit alors qu'elle étudiait les liens. Ses lèvres s'écartèrent, mais elle n'enleva pas ses mains de sa tête. Elle restait contenue par la corde et notre volonté. Ma bite sembla si dure, cela nécessita tout mon contrôle pour ne pas tomber à genoux et me répandre sur le sol.

Je ravalai un gémissement. Brokk garda une emprise ferme sur ses désirs, testant les lanières de manière solennelle. Saule se pencha vers lui, affamée de caresses.

— Comment te sens-tu ? demanda-t-il.

— Je veux toucher, mais je ne peux pas à présent.

— Cela te rappellera à qui tu appartiens. Qui prend soin de toi et qui te garde en sécurité.

Ses épaules se détendirent.

— À présent, fille, dis-je en m'installant sur une pierre et lui faisant signe d'approcher. Viens ici. C'est parti pour ta punition.

Je tirai sur les liens de cuir, faisant se contracter sa respiration.

— Tes compagnons sont capables de te donner du plaisir,

mais tu ne peux pas. Nous attacherons tes mains si tu le refais. Te conserverons entravée toute la journée.

— Même quand nous serons de retour dans la meute ?

— Même à ce moment. Car il est entendu qu'un Berserker formera sa compagne de la manière qu'il souhaite. Aussi longtemps qu'il la chérit et ne lui fait pas de mal.

Brokk hocha la tête.

— À présent.

Je la guidai sur mes jambes, la gardant en équilibre. Je supportai son corps menu sans problème, appréciant la façon dont ses petits doigts empoignaient mes jambes. Mes mains saisirent son cul. Les liens laissaient la portion arrondie dénudée de son derrière.

— Une centaine sur chaque fesse semble juste, n'est-ce pas ?

Saule lâcha un petit cri de protestation et Brokk rigola.

— Leif plaisante, lui assura-t-il. Bien que la fois prochaine que tu te toucheras, nous ne serons pas si cléments.

— Je la fesserai jusqu'à ce que son derrière soit aussi rosé qu'une rose, dis-je en pressant son cul et en l'écrasant, regardant la couleur monter à la surface. Cela ne devrait pas être long. Peut-être qu'elle appréciera même ça.

Je mis ma main entre ses jambes. Sans surprise, elle devenait humide, en se tortillant. Chaque centimètre de sa lutte ferait frotter les lanières en cuir entre ses jambes.

J'augmentai la force de mes gifles, couvrant chaque centimètre de son derrière exposé. En un rien de temps, elle hurla à chaque coup, mais sa chatte devint grasse, l'odeur de son excitation se levant en un épais miasme sur son cul rougi. Quand j'arrêtai, elle trembla au bord d'un orgasme.

— Te toucheras-tu sans permission ?

— Non, non, dit-elle.

Je la positionnai pour que sa butte frotte directement contre mon genou.

— S'il te plaît, s'il te plaît, haleta-t-elle. Je ne me toucherai pas. Je serai bonne.

— As-tu besoin d'une autorisation pour jouir, demanda Brokk en s'agenouillant devant elle, déplaçant ses cheveux de son visage. Sois honnête.

— Je... commença-t-elle en baissant sa tête. Je ne devrais pas souhaiter ça.

— Tu es en chaleur, rappela-t-il. Tu as des besoins. C'est notre travail d'y répondre.

— Alors, oui. Je veux ça.

Brokk me fit un signe de tête et je la retournai, la berçant tendrement dans mon giron. Je pris ses jambes en dehors de mes genoux.

— Garde tes jambes écartées, chuchotai-je, et je mordillai son lobe d'oreille.

Elle se fondit en moi.

— Tu t'es bien comportée pour ta première punition. J'espère te punir de nombreuses fois supplémentaires. Je pense que t'aimes ça.

— Non, souffla-t-elle.

Je posai une main entre ses jambes. Le cuir semblait gras.

— Viens-tu tout de juste de me mentir ?

Appuyant, je frottai, faisant glisser le cuir entre ses plis.

— Non, couina-t-elle avant qu'un gémissement vole sa respiration.

— Mentir mérite davantage de punitions, dit Brokk. Voilà.

Il avança avec deux petits liens et les enroula autour de ses tétons après les avoir pincés pour les durcir.

— Nous demandons de l'honnêteté à tout moment. Cela t'aidera à t'en souvenir.

Le souffle de Saule sortit en petits halètements. Son orgasme rôdait à proximité.

— Et à présent, pour la dernière partie de ta punition.

Je giflai entre ses jambes avec suffisamment de force pour secouer sa chatte. Elle se raidit, mais ne hurla pas. Je le fis une nouvelle fois. Cette fois, sa bouffée partit précipitamment. Elle planta ses pieds et se releva, essayant d'aller aussi loin qu'elle pouvait. Mon bras ficela sa taille, la maintenant contre moi. Je la retins contre mon érection. Son délicieux cul se modela dessus et je gémis.

— Bientôt, nous te prendrons, lui dis-je en un chuchotement sévère. Nous ne serons pas capables de nous contenir. Mais, maintenant, tu viendras pour nous.

Je la fessai à nouveau et saisis son monticule bouffi. Il palpita sous ma main. Avec ma paume, je frottai sa chair huileuse, broyant les lanières plus profondément dans le creux rose de ses plis. Je tirai alternativement les sangles et pressai sa peau excitée.

Son corps se contracta, s'arquant comme un arc tendu.

— Prends ton plaisir.

Mes doigts glissants tendirent les lanières pour qu'elles se posent à côté de sa petite bosse sensible, exposant le minuscule bout de chair dure. Je giflai sa chatte trois fois, jusqu'à ce qu'elle soit rose et nécessiteuse. Je touchai du pouce la petite nodosité en érection, la frôlant aussi prudemment que je le ferais avec un pétale de fleur. Saule gémit, un son entre agonie et extase.

— Leif...

— Maintenant, fille, dis-je en pinçant la minuscule bosse.

Une plainte se cassa de sa gorge. Ses jambes se crispèrent, ses hanches se balançant, bougeant comme sa chatte vide alors qu'elle venait.

Je l'enveloppai fermement dans mes bras, l'écrasant presque. La maintenant, retenant mon propre désir féroce, de peur que ses cris me brisent. Ma bite s'était transformée en pierre sous son cul tressaillant. Ses bruits indigents continuèrent encore et encore. Elle tressauta, de la sueur roulant entre les sangles quadrillant son corps. Son orgasme la porta si loin que cela lui prendrait du temps pour revenir à elle. Je la tiendrais aussi longtemps qu'elle en avait besoin. Pour toujours, si c'était ce qu'il fallait.

— Shh, Saule.

Brokk tourna autour d'elle. Il tendit une gourde à ses lèvres et la berça tendrement alors qu'elle buvait. Elle était encore sonnée de plaisir, nous faisant confiance pour la maintenir d'ici là. Je me sentis content. Cela m'avait donné une grande satisfaction de la sentir se défaire sous mes ordres.

— Comment était-ce ? demanda Brokk en déposant l'outre.

Elle agita la tête, encore trop épuisée pour parler.

De la lumière dorée étincelait dans ses yeux.

— Veux-tu remercier tes ravisseurs pour leur gentillesse envers toi ? questionna-t-il en se frottant au travers de son pantalon en cuir.

Elle acquiesça de nouveau, frénétiquement.

— *Voilà*, envoyai-je à Brokk. *La soumission, le désir.*

— *Nous devons être prudents de ne pas la prendre quand son esprit est altéré.*

Mais je m'en moquai.

— *Elle le veut,* dis-je en la posant sur ses genoux.

— Es-tu sûre, Saule ? demanda Brokk en venant se mettre devant nous.

— S'il vous plaît, s'étouffa-t-elle en tendant la main vers lui.

— Oh non, dis-je en saisissant ses mains derrière son dos et les maintenant là. Utilise seulement ta bouche.

Elle geignit une nouvelle fois et je vins presque au bruit.

Brokk s'enleva de son pantalon, sa verge aussi courroucée et enflée que la mienne.

— Juste des baisers, lui dit-il. Sois gentille.

— Pas de dents, ajoutai-je.

De petits gémissements frénétiques échappèrent sa gorge, les sons les plus sexy que j'avais entendus. Je tirai ses cheveux vers l'arrière alors qu'elle embrassait et léchait la bite de Brokk.

— C'est un cadeau, lui dit-il. Tu es seulement autorisée cette fois à nous satisfaire.

— Je te donnerai un cadeau chaque matin et chaque soir, fille, dis-je en caressant sa chevelure. Je suis un homme généreux.

Le visage de Brokk se crispa alors qu'il luttait pour ne pas venir dans sa bouche.

Avec un contrôle impressionnant, il recula.

— Tu apprendras à me prendre dans ta bouche. Pour le moment, regarde simplement.

Il se caressa devant elle jusqu'à répandre sa semence sur le sol.

— Tu n'as pas mérité encore mon sperme.

Saule lécha ses lèvres et je ne pus m'en empêcher. J'empoignai ses cheveux noirs et je l'attirai pour me faire face.

— Mon tour.

Je voulus ses mains, par contre. Je restai assis et la laissai explorer. Elle toucha ma hampe gonflée et le sac accroché en dessous.

— Ahh, fille. Nous ne te laisserons jamais partir.

Elle me fit un petit sourire rapide. Mon sperme bouillit dans mes boules. Mes doigts de pieds se retroussèrent.

— À présent, fille, tu as été si bonne, je te permettrai de la prendre dans ta bouche.

Saule acquiesça et en aspira la tête. Mes hanches bondirent, mais je me ressaisis à temps, m'empêchant à peine de baiser son visage.

— Tu as une bouche démente, lui dis-je. Bénie par le démon.

Elle se retira d'un bruit sec. L'action ferme d'aspiration me fit gicler. J'éclaboussai sa figure alors qu'elle était assise là à cligner des yeux.

Je balayai sa joue de mon pouce et la nourris d'un peu de ma semence.

— Tu t'es bien comportée, souris-je. Je pense que nous te garderons.

Brokk arriva avec un linge pour essuyer son visage. Il la détacha gentiment, nettoyant la sueur de son corps glissant et frottant les marques qu'avaient créées les liens.

— Tu t'es bien comportée, répéta-t-il.

Elle tendit les bras vers lui, mais il se leva, lança un coup d'œil dans ma direction.

— Leif s'occupera de toi.

Quand il s'en alla, elle le regarda partir.

SAULE

$\mathcal{M}$es muscles me firent mal alors que Brokk marchait à grandes enjambées depuis le repaire. Leif mouilla une peau et se lava avant de retirer sa bite de son pantalon. Je gardai ma tête détournée, ravalant des larmes.

— Saule ? Qu'est-ce qui ne va pas, fille ?

— Rien.

— Ne te cache pas de moi. Nous ne te punirons pas pour ton honnêteté.

— Je me suis abandonnée. Je suis faible.

Brokk ne voulait pas être vu avec une créature si dévergondée. Recroquevillant mes épaules, je dissimulai mon visage.

— S'il te plaît, laisse-moi.

Mettant la peau mouillée de côté, il me collecta dans ses bras.

— Sais-tu pourquoi nous te tourmentons et te titillons ?

— Parce que vous aimez ça.

— Sommes-nous les seuls ? questionna-t-il en traçant mes jambes avec ses doigts.

Je me tortillai dans son étreinte, mais il me tint fermement.

— Vérifions, qu'en dis-tu ? proposa-t-il alors que ses doigts trouvaient ma chatte et trempaient à l'intérieur. Tu es serrée n'est-ce pas, adorable lapin ?

Ma tête frappa violemment son épaule. J'essayai de me libérer, mais il m'empoigna plus fort et garda je ne sus pas comment, sa main entre mes jambes, de légers contacts me poussant vers le bord de la falaise.

— S'il te plaît.

— Sais-tu ce que ça fait de toi ? demanda-t-il en me montrant ses doigts brillants.

— Une *sale, dévergondée, mauvaise,* pensai-je en fermant les yeux et en attendant qu'il le dise.

— Parfaite. Cela te rend parfaite.

Ses doigts plongèrent en profondeur, appelant mon orgasme d'un geste aguicheur. Il me soutint alors que j'atteignis l'extase absolue.

Quand je me calmai enfin, Leif prit mon poignet et l'attacha au sien avec des liens de cuir.

— Nous allons dormir, dit-il. À moins que tu ne sois pas rassasiée.

La lueur de la lune étincela dans ses yeux jaunes.

— Je suis... satisfaite. Merci, Leif.

Nous nous allongeâmes, et le grand guerrier me borda contre son corps. C'était ce que j'avais toujours voulu. Une poitrine fortement musclée d'un homme sous ma joue, ses doigts jouant sur mon dos. Un combattant prêt à me protéger du monde.

Je frémis.

— Froid ? questionna-t-il en attirant une peau sur nous.

— Non, dis-je en levant la tête. Est-ce que Brokk ne m'aime pas ?

Leif soupira et posa sa tête contre son bras. Je voulus qu'il continue à me toucher, mais n'osai pas demander.

— Brokk a toujours été un type bizarre. Heureux d'être un loup solitaire même avant que nous soyons Transformés.

— Comment vous êtes-vous rencontrés tous les deux ?

— Nous nous sommes disputé une femme, grimaça Leif.

Mes yeux s'élargirent.

— C'était il y a bien longtemps, dit Leif avec un rire forcé. Je suis sûr qu'il a oublié.

Mais, il ne parut pas si persuadé.

— Tu dis que je suis ta compagne. Me partagerez-vous ?

Je traçai la pente lisse entre les muscles puissants de son torse.

— Tu penses à t'accoupler avec nous ?

J'acquiesçai, timidement.

— Oh, fille, grogna-t-il. Tu ne sais pas à quel point tu es attirante.

Je fus soulagée de voir la simplicité revenir sur son beau visage. Même si Brokk était parti, Leif et moi pouvions partager un moment.

— Brokk et moi sommes liés par une connexion incassable. Nous nous sommes sauvé la vie l'un l'autre et nous nous sommes maintenus en vie toutes ces années pendant que nous t'attendions.

— Est-ce que le lien peut se briser ?

— Seulement lors d'une crise de folie. C'est pourquoi nous craignons la bête. Ce qui nous donne de la force est aussi notre plus grande faiblesse.

Ses doigts glissèrent sous la peau pour tourbillonner à nouveau sur mon dos nu. Je retins mon souffle, ne voulant pas qu'il arrête.

— Quand le moment sera venu, nous te prendrons complètement, et tu nous appartiendras pour toujours. Ta soumission permet à la bête de régner pacifiquement, sa faim est rassasiée par ta chair.

— Et Brokk restera avec nous ?

— Nous te partagerons, dit-il en fronçant les sourcils. Nous serons tous les trois liés.

— Il ne semble pas me vouloir.

— Il a peur de tenir à quelqu'un. Il y a longtemps, les gens auxquels il tenait l'ont trahi.

* * *

CETTE NUIT-LÀ, je rêvai de la rive du lac. La lune découpait une trace d'argent sur l'eau noire sans fin. J'avançai et au lieu de sombrer, je marchai sur l'étendue d'eau aussi facilement que je le ferais sur la terre ferme. Mes pieds me portèrent jusqu'à une île que je n'avais pas remarquée auparavant, émergeant du brouillard au milieu du lac.

Quand j'arrivai sur le rivage, quelque chose m'attira en avant. Je marchai vers le centre de l'île, passant entre les petits buissons et les fougères. Un saule était penché sur un cercle de pierres. Je me tins là, me tournant lentement, me questionnant sur la sensation d'avoir été là auparavant.

* * *

QUAND JE ME RÉVEILLAI, la lumière du soleil brillait sur mon visage. Mes reins étaient douloureux des orgasmes de la nuit précédente, mes lèvres inférieures bouffies et bien utilisées.

— Debout, viens, fille, appela Leif. Tu as dormi la moitié de la journée.

Je m'étirai. Je m'étais habituée à ma captivité. Aux jours passés avec ces guerriers sauvages, mais gentils. Une étrange nouvelle vie, mais cela ne me dérangeait plus.

— Viens, répéta Leif. Il y a des pommes pour le petit-déjeuner. Nous allons te nourrir et te laver. Brokk t'a rapporté quelque chose.

Il m'emmena au lac et me rinça bien. Je pressai mon visage contre sa poitrine ferme, en rougissant. Mes joues empourprées semblèrent le fasciner. Ses doigts jouèrent dessus et je les embrassai. Trop tard, je réalisai qu'il était nu. Sa bite effleura mes cuisses et me fit me languir à nouveau.

— Leif, soufflai-je.

Son pouce passa sur ma bouche, mais il se retira et se lava pendant que je retournai vers la rive.

Me souvenant de mon rêve, je m'arrêtai et plissai les yeux, mais, même en plein jour, je ne pus pas discerner d'île.

Quand nous revînmes, une pile de nouveaux objets étaient posés sur une grande pierre.

— Qu'est-ce ? demandai-je quand Leif me tendit un pichet.

— De l'hydromel.

— Je suis allé au marché, dit Brokk.

Il était assis sur un rocher à côté, me regardant. Pour la énième fois, j'admirai ses larges épaules, les bras puissants, le torse et les doigts rugueux qui m'avaient attachée si habilement la nuit dernière. Le souvenir fit chauffer mes joues.

Leif soutint une robe que je pouvais porter au-dessus de mon fourreau.

— C'est magnifique. C'est pour moi ?

— Cela ne me conviendra pas, rigola Leif. Ni ça.

Il me passa une paire de petites bottes encadrées d'une fourrure douce d'écureuil. Je les tins, trop submergée pour parler. Les somptueux vêtements correspondaient à la couleur d'une feuille de chêne en été, et ils étaient bordés de soie. La couture était aussi soignée que celle de Sauge et des fils d'or brillaient au milieu du vert.

— Est-ce... ?

— Des vêtements d'or, grogna Brokk et je serrai plus

fermement la tenue, de peur de la faire tomber.

Je n'avais jamais vu une telle parure, en avait encore moins touché une.

— Mets-la, ordonna Brokk. Je te donnerai le reste de ton cadeau.

Mon cœur déborda de joie alors que Leif m'aida à m'habiller.

Quand j'eus fini, il toucha mon visage.

— Magnifique, dit-il, mais il ne parlait pas de la robe.

Brokk me fit signe. Il avait une peau à ses pieds. Je m'age-nouillai devant lui comme une femme raffinée viendrait à l'autel d'une église. Leif enleva sa bague de bras et la tendit au guerrier à la figure sévère, avant de soulever mes cheveux, et de laisser Brokk installer le cercle autour de mon cou.

— Voilà. Maintenant, tu te rappelleras que tu nous appartiens.

Je me levai et Brokk saisit ma main.

— Pas si vite. Il y a un autre cadeau.

— C'est moins un cadeau pour toi que pour nous, murmura Leif.

Brokk présenta un cercle en métal, assez large pour passer autour de mes hanches. Une autre moitié de cercle y était attachée.

— Qu'est-ce ? demandai-je.

— Soulève tes jupes, dit-il.

Perplexe, je le fis, mais une fois qu'il posa le harnais en métal sur le sol et me fit signe de faire un pas à l'intérieur, je réalisai son intention.

— Oh non, protestai-je en laissant tomber mes jupes et en reculant. Non, non, non.

— Tu n'aimes pas ton cadeau ? questionna Leif en m'attra-pant alors que je faisais marche arrière, son bras ficelé sous mes seins.

— Je ne veux pas porter cette chose, dis-je.

Les guerriers ne me donnèrent pas le choix. Brokk s'age-nouilla pendant que Leif me soulevait. Mes jambes passèrent au travers des trous, et le cercle de métal s'enveloppa autour de ma taille sanglée fermement. La pièce, courant entre mes jambes, recouvrait mon sexe. Je pouvais facilement et libre-ment bouger, mais ne pouvais pas palper mes lèvres infé-rieures.

— Combien de temps dois-je porter ça ? demandai-je.

— Jusqu'à ce que tu apprennes à ne pas te toucher. J'ai filé au village et ai réveillé le forgeron. Il a passé la nuit entière à la confectionner à tes mensurations et à en lisser les bords.

La ceinture correspondait parfaitement.

—Tu devrais être reconnaissante, me dit Brokk. Cela t'empêchera de te toucher. Tu auras du contrôle.

Mes remerciements parurent lourds sur ma langue. Il sembla qu'ils se moquaient de moi, m'habillant comme une dame raffinée, me harnachant telle une esclave.

— Préférerais-tu les lanières de cuir ?

— Non, dis-je en frémissant, me rappelant la façon dont elles coupaient mes plis palpitants, nouant et rehaussant mon excitation en même temps.

— Viens. Il y a quelque chose que nous souhaitons te montrer.

Si un homme ou une bête avait été dehors sur les collines vertes à proximité de l'abri abandonné, il aurait vu une vision étrange, une jeune femme en habit de reine marchant entre deux guerriers presque deux fois plus grands qu'elle. Sous la belle robe, la ceinture de métal ne grattait pas, bien que je dusse supplier pour être relâchée pour me soulager. Quand nous rejoignîmes notre destination, mes joues brillaient d'un rouge écarlate, et pas d'un excès de soleil.

Nous atteignîmes le sommet de la colline et je m'exclamai. Une cape violette se répandait sur la terre, aussi loin que pouvait voir l'œil. Des kilomètres et des kilomètres de fleurs des champs.

— La fleur de bruyère, murmura Leif. Sur les sols les plus rocheux, la déesse a fait pousser un tapis pour une reine.

— Viens, Saule, dit Brokk en roulant des yeux. Il est temps de roder ces bottes.

— Courons, dit Leif en tendant sa main.

Mon cœur cogna alors que je mettais ma main dans la sienne.

Le guerrier roux et moi fonçâmes entre les carrés de fleurs. Bientôt, nous rigolions, sautillions, dansions comme des fous.

Brokk suivit, et quand je devins fatiguée et allai m'asseoir avec lui, il désigna les oiseaux, les petits lapins et les souris qui faisaient de la bruyère parfumée, leur maison. Leif chercha dans un sac et en sortit de la viande séchée, du fromage et des petites pommes fermes. Quand je grignotai à sa satisfaction, il me laissa avoir un peu d'hydromel.

La journée semblait sans fin, étirée sous un ciel bleu.

— Pourquoi sommes-nous là ? demandai-je.

— Ne t'amuses-tu pas ? répliqua Leif. Peut-être que nous avons besoin d'un jeu.

— Très bien, dis-je doucement, n'aimant pas l'air espiègle sur son visage.

— Je pense qu'il est temps que nous te donnions une chance de t'enfuir.

— Quoi ?

— À moins, bien sûr, que tu admettes que tu ne veux pas partir.

Je jetai un regard à Brokk, mais il resta sérieux, ses bras croisés sur sa poitrine.

— Brokk, joueras-tu avec nous ? l'appela Leif.

— Cela ne ressemble pas à un jeu.

— Oh, ça l'est. Et il y a un beau prix pour le gagnant.

— Veux-tu dire que tu me laisseras m'enfuir ?

Mon cœur battit plus fort. Pour une raison quelconque, je me sentis anxieuse à la pensée de quitter les combattants. Je devrais être soulagée, mais je ne l'étais pas, et ça me troublait davantage.

— Je te laisserai *essayer* de t'échapper, corrigea Leif. Nous te donnerons une longueur d'avance, mais ne doute pas que nous te traquerons facilement. Quiconque t'attrape en premier, obtient un baiser.

— Et si je gagne ?

— Tu ne gagneras pas. Mais si tu parviens à nous éviter jusqu'au coucher du soleil, nous jetterons la ceinture de métal.

Brokk grogna.

— Ou... commença Leif en levant un doigt. Tu nous admets maintenant que tu ne veux plus t'échapper. Nous retirerons la ceinture et te récompenserons pour avoir dit la vérité.

Je rongeai ma lèvre.

— C'est bien ce que je pensais, gloussa Leif en se levant et je me dépêchai de me mettre sur mes pieds. J'appelle ce jeu « loups et lapin ». Tu es le lapin, Saule.

Il emballa notre déjeuner et souleva la corne.

— Nous nous assiérons et boirons le reste de l'hydromel, et puis nous nous mettrons à chasser, expliqua-t-il alors que ses yeux scintillaient. Si j'étais toi, je courrais.

Mon cœur martela plus fort que mes bruits de pas sur la pelouse molle. Je parvins à un groupe de rochers, espérant qu'ils me cacheraient. Une fois que je les eus dépassés, je changeai de direction, allant le long d'un ravin. Un ruisseau filait entre les pierres. Je m'arrêtai un moment. L'eau éliminerait mon odeur, les embrouillerait, mais elle mouillerait mes nouveaux vêtements.

Derrière moi, une chouette inquiétante se leva des collines. La chasse avait débuté.

Je fonçai vers le ruisseau et le suivis. L'eau trempa bientôt ma tenue et m'alourdit, mais je continuai à courir. Les arbustes devenaient plus larges ici. Je pouvais me cacher. Je fis l'erreur de jeter un coup d'œil derrière moi et j'aperçus une silhouette musclée me poursuivant. Les guerriers avaient dû se déshabiller avant de commencer la chasse. Ils affluèrent le long du flanc de la colline, arrivant plus vite que je le pensais possible. Leurs apparences semblaient plus grandes, difformes d'une certaine façon. Je saisis un éclat de fourrure comme s'ils étaient entre leurs formes de loup et d'homme.

Je ne pouvais pas les distancer. Je me jetai sous le buisson épineux et croisai les doigts.

Le craquement de leurs pas s'approcha.

Je m'élançai vers le haut, débusquée de ma cachette comme un oiseau désespéré. L'un d'eux grogna derrière moi et j'en tamponnai un autre.

— Je t'ai, Saule, souffla Brokk dans mon oreille.

Je criai, me débattant et luttant alors qu'il me conduisait au sol. Leif avait déposé une peau pour amortir mon corps, mais je luttai encore. Brokk me tourna sur mon dos, brutalement, et je me calmai quelque peu, apercevant leurs beaux visages. Ils ressemblaient à présent à des hommes, mais je n'avais pas oublié la vue d'eux me pourchassant sous la forme d'un monstre vorace.

— Tu as mouillé tes adorables bottes, dit Leif.

— Pas grave, grinça Brokk. Enlève-les.

Ils me déshabillèrent rapidement, mais avec prudence.

— Et maintenant ? demandai-je en tremblant, effrayée et excitée en même temps.

— Tu as perdu, chérie. Tu nous dois un baiser.

J'acquiesçai et bougeai vers Brokk. Il attrapa mes cheveux dans son poing. Avec une prise ferme, mais gentille, il guida ma tête vers le bas.

— Pas sur ma bouche, douce fille. Sur ma bite.

Je délaçai ses haut-de-chausses. Fredonnant de plaisir, je le saisis à la racine, ma langue lapant la face cachée.

— Par le bâton d'Odin, jura Brokk.

Je me souris à moi-même.

— Bonne fille, gloussa Leif.

Brokk fit de son mieux pour s'abstenir, pendant que je faisais tout ce auquel je pouvais penser pour le tenter. Mes petites mains empoignèrent ses géantes cuisses, le maintenant prisonnier alors que ma bouche fonctionnait sur lui.

À la fin, il gicla tellement de semence qu'un peu tomba en goutte de ma bouche. Il l'essuya avec son pouce et m'en nourrit.

— Bien joué, dit Leif.

Brokk baisa mon front. Je brillai de fierté.

— Maintenant, dit Leif en tira une mèche de mes cheveux. C'est mon tour de t'embrasser.

Je pivotai sur mes genoux, mais Leif m'aida à me poser, mon dos sur la peau, ma tête dans le giron de Brokk.

— J'ai besoin d'enlever cette ceinture, marmonna Leif.

Brokk l'assista pour me soulever et la faire glisser. Je m'exclamai alors que l'air frais percutait mon bas humide.

— Elle est un peu froide, observa Brokk, jouant avec l'un de mes tétons pointés.

Leif drapa ma robe sur moi et plongea en dessous, entre mes jambes.

— Quoi... m'écriai-je alors qu'il embrassait l'intérieur de mes cuisses.

Ses lèvres se dirigèrent vers ma chatte palpitante. Mes jambes firent un effort pour se fermer, mais il les maintint ouvertes. Je haletai, prête à jouir quand sa bouche atteignit sa destination. Brokk me maîtrisa alors que je me tortillais, sans défense devant la langue flagellante de Leif. Mes talons creusèrent le sol, mon dos et mon ventre se serrant de plaisir. Je gémis son nom en venant. Une fois que je me détendis, il émergea, essuyant sa bouche.

— Bien joué, fille. Allons-nous nous amuser une nouvelle fois ?

* * *

Nous jouâmes « loups et lapin » pour le reste de l'après-midi. Je ne fus jamais le loup. Les enjeux devinrent plus grands, et, après un temps, ils me firent m'ébattre nue. Aussitôt que j'échappai à l'un, l'autre m'attrapait, me pelotait et embrassait ma bouche jusqu'à ce que je halète.

Une fois, je refusai de courir.

— Fesse-la et remets-la dans la ceinture, suggéra Leif, et Brokk me renversa sur ses genoux, rougissant mon cul avant de m'enfermer.

Puis, il fixa mes bras dans mon dos et me fit défiler jusqu'à l'endroit où Leif attendait avec le sac.

— Nous devrions aussi attacher tes jambes, rigola Leif. Pour que tu doives sautiller, comme un vrai lapin.

— Non, dit Brokk en faisant courir une main sur ma chair nue. Elle pourrait se faire mal.

Ils me firent m'agenouiller et me nourrirent à nouveau de leurs bites, puis me firent manger davantage de viande et de pommes. Je m'assis d'abord dans le giron de Leif, et puis sur les genoux de Brokk. Pour toute la préoccupation de Brokk, ses doigts étaient impitoyables, filant de haut en bas de mes hanches à mes seins, tirant mes mamelons, embrassant mon cou, et se blottissant contre moi avec son visage rugueux d'une barbe de trois jours.

— S'il te plaît, dis-je quand Brokk caressa la chair glissante autour de la ceinture de métal.

À nouveau, les guerriers enlevèrent la ceinture et me déposèrent sur la bruyère souple.

— Tu ne te toucheras pas. Seuls nous pouvons te toucher, me dit Brokk, et il explora chaque courbe et crevasse jusqu'à ce que je me tortille et tremble de plaisir.

Un sourire traversa son visage de pierre quand il amena une main luisante à sa bouche et lécha ses doigts pour les laver.

— Mon tour.

Leif mit sa bouche entre mes jambes. Mes mains creusèrent ses cheveux jusqu'à ce que Brokk les forçât à les libérer et maintînt mes poignets vers le bas.

Du plaisir fleurit, atteignit le sommet, se brisa. Mes cris résonnèrent au-dessus de la bruyère.

Une fois que Leif eut fini de me lécher pour me nettoyer, ils attachèrent la ceinture à nouveau à sa place.

— Ton goût est agréable pour moi, dit Leif en essuyant sa bouche. Maintenant que nous connaissons ton odeur, tu ne pourras jamais nous échapper. Nous te traquerons aussi facilement qu'un lièvre sur une neige épaisse.

Le corps chantonnant de plaisir, je ne protestai pas. Je ne souhaitais plus échapper à ses guerriers.

— Comment cela sera d'être votre compagne ? demandai-je.

— Nos esprits seront reliés. Tu te connecteras à nous au travers du lien.

Il toucha son front.

— Tu nous entendras te parler ici. Tu ne seras jamais capable de nous cacher tes sentiments. Nous serons tous les trois plus proches qu'avec n'importe qui d'autre sur terre. Nous te partagerons, pour toujours.

À ces paroles, Brokk se leva et partit.

— Retournons là-bas, dit Leif en fronçant les sourcils.

BROKK

—   *Tu ne devrais pas nous laisser comme ça,* sermonna Leif dans ma tête. *Elle pense que tu ne veux pas d'elle.*

— *Je n'ai pas encore décidé si c'est le cas, frère,* dis-je en crachant le dernier mot.

Leif resta silencieux si longtemps, j'espérais qu'il parle et me distraie de mes questionnements douloureux.

— *C'était il y a si longtemps,* dit-il. *Je pensais que tu m'avais pardonné.*

J'entrai dans la forêt près du donjon pour regarder Leif et Saule revenir. Elle n'agissait en rien comme la femme que j'avais aimée auparavant dans les terres du nord. Elle n'avait jamais été touchée par un autre homme.

— *Et ne le sera jamais, mais nous la partagerons équitablement,* dit Leif.

— *Elle te préfère.*

— *Tu n'es pas beau quand tu boudes. Essaye de sourire.*

Leif ferma le lien d'un claquement.

Il emmena Saule sur la rive du lac pendant que je coupais du bois. Ils se déshabillèrent, et leurs cris ravis suivirent les bruits d'éclaboussure. Son rire flotta en l'air jusqu'au repaire. Je jetai ma hache par terre. Saule, rigolant. Quelques jours, et Leif l'avait séduite, comme il en avait eu l'intention. Peut-être que ce soir, il s'étendrait avec elle et la marquerait comme sa compagne. Mon cœur eut mal en y pensant. Ce serait mieux si lui et moi ne nous étions pas liés. Alors, il pourrait la revendiquer pour lui seul et ils pourraient être heureux.

La magie ondula en moi à la jalouse pensée désolée. La bête, griffant la surface, prête à se battre pour ce qu'elle désirait. Elle ne me permettrait pas de renoncer à ma compagne. Elle la voulait autant que Leif.

Je partis. Voyageant à la vitesse d'un Berserker, j'atteignis les hauteurs escarpées bien avant le crépuscule. La journée était dégagée et belle, et je pus voir sur des kilomètres. Un brouillard bordait l'horizon sud, mais il était encore au loin.

Aux endroits élevés, je trouvais parfois plus facile de contacter la meute. Je tendis mon esprit, flânant sur les rochers froids pour découvrir le meilleur emplacement pour les joindre.

Après avoir escaladé un grand bout élancé de pierre, je saisis un écho familier.

— *Svein ?*

— *Brokk ? Où es-tu ?*

Je lui envoyai une image des falaises rocailleuses et des ruines où nous avions établi le campement.

— *Qu'en est-il de Dagg et toi ? Êtes-vous à la maison ?*

— *Nous nous cachons. Les Hommes Gris... leur ont échappé... Les Alphas ont ordonné... de protéger les femmes... la magie du Roi Cadavre... bloque les liens de la meute....*

Sa voix tremblotait par intermittence, mais j'en entendis assez.

— *Je suis heureux que Dagg et toi soyez en sécurité. Nous avons également rencontré les Hommes Gris.*

Je n'ajoutai pas la façon dont Leif avait presque perdu le

contrôle quand il avait fait appel à la rage des Berserkers et les avait détruits.

— *La magie du Roi Cadavre a balayé le village et a transformé les hommes en serviteurs morts-vivants. C'est la raison pour laquelle il y en avait tant, si vite.*

— *Trop à combattre... évitez-les. Les Alphas consultent la sorcière pour identifier un sort... le mage devient plus fort....*

— *Nous sommes en sécurité, pour le moment. Nous avons pris la femme Saule, et la garderons en sûreté. Svein ?*

— *Oui ?*

Je ne pus empêcher à un sourire de venir sur mon visage.

— *Avez-vous trouvé votre compagne ?*

Cette fois, le message passa distinctement.

— *Oui. Elle est avec nous à présent.*

Il semblait fier et sensible en même temps.

— *Elle était effrayée au début, mais elle est courageuse. Et vous ?*

— *Nous avons une femme*, dis-je en luttant pour ne pas mettre de joie dans ma voix. *Leif pense que c'est celle pour nous.*

Et moi aussi, je réalisai. Autrement, cela ne me dérange-rait pas de partir ou de ressentir que je devais me confronter à Leif pour avoir son affection.

— *Qu'en est-il de Rolf et Thorbjorn ?* questionnai-je.

— *Nous n'avons pas de nouvelle d'eux. Comme nous, ils ont dû voyager pour garder en sécurité leur compagne, ou ils sont peut-être perdus. Les Alphas ne savent pas.*

— *Et la femme qu'ils ont prise ?*

— *Son nom est Sauge.*

Je sentis comme si quelque chose m'avait percuté. Sauge était l'amie la plus proche de Saule. Je voulais rapporter de bonnes nouvelles à Saule.

— *Merci pour les nouvelles*, dis-je à Dagg. *Peux-tu joindre les Alphas ? Leur dire que nous allons bien ?*

— *Oui. Leurs ordres sont que nous fassions tous chemin vers la montagne, mais n'engagions pas avec les Hommes Gris. Restez en sécurité. Restez ensemble, et quoi que vous fassiez, veillez sur votre compagne.*

— *Nous le ferons. À n'importe quel prix. Que la lune vous sourît.*

Quand je coupai le lien avec mon camarade Berserker, ma tête palpita de douleur. Ma bête bondit vers l'avant, me donnant de la force. Je la repoussai, ne voulant pas risquer de la lâcher. Rester à l'écart de la meute si longtemps était dangereux. Sans la force stabilisatrice des Alphas, Leif et moi devions compter l'un sur l'autre.

J'avais eu tort, je réalisai, en descendant la montagne à grandes enjambées. Saule nous appartenait à Leif et moi. Je devais la séduire comme il l'avait fait, pour qu'elle rigole et qu'elle me sourit.

Bien sûr, je n'avais pas ce don. Quand j'essaierais et raterais, se détournerait-elle de moi et trouverait-elle du réconfort dans les bras de Leif ?

La pensée me percuta comme une dague. Je grinçai des dents.

Alors que je quittais la montagne, je marchai directement dans une épaisse brume au pied des hauts rochers. Le brouillard que j'avais vu grimper depuis le sud s'était déplacé plus vite que je m'y attendais.

— *Brokk. Frère. Où es-tu ?*

— *J'arrive*, dis-je en accélérant mon allure pour surpasser le brouillard.

Une pleine lune se leva au-dessus de ma tête. J'aurais dû être excité de revendiquer ma femme avec mon frère d'armes.

À la place, je ne ressentis que de la crainte.

LEIF

Saule était assise près du feu, une rougeur sur ses belles joues provenant d'une longue journée au soleil. Elle portait une petite rose glissée derrière son oreille, un cadeau que je lui avais fait. Nous passions chaque moment ensemble, et ce serait le meilleur jour de ma vie, en excluant un détail. Brokk n'était pas là.

Ma tête était douloureuse de notre séparation. Je sentis qu'il grimpait haut là où l'air devenait rare et utilisait la plupart de son énergie et de ses réserves pour joindre les Alphas.

Il arriva en courant, essayant de distancer l'étrange brouillard balayant le sol. J'ouvris le lien et lui prêtai de la force.

— *Viens vite, Brokk. Nous avons besoin de toi. J'ai réussi à garder la bête à distance, mais je vais avoir besoin de bientôt revendiquer Saule. C'est le cas pour nous deux. Pourquoi es-tu parti si longtemps ?*

— *Vous sembliez assez bien apprécier la journée sans moi.*

— *Frère, combien de fois dois-je te le dire ? Ensemble, nous sommes plus forts.*

Un silence. Je pris une profonde inspiration et continuai.

— *Pendant le siècle précédent, nous avons été amenés à partager de nombreuses choses. Mais je n'oublie pas la femme qui nous a anéantis.*

— *Tu m'as trahi.*

— *J'ai demandé pardon. J'ai essayé de me racheter. Je suis ton frère et ton camarade guerrier. Je me tiendrai toujours à tes côtés.*

— *Nous sommes des combattants et des frères d'armes,* répondit Brokk de manière réticente.

— *Qu'en est-il de Saule ? Tu sais aussi bien que moi que nous devons la revendiquer tous les deux. Notre emprise sur la bête est trop faible. Elle peut nous guérir. Quand tu pars, ce n'est pas juste pour Saule.*

— *Non, ce n'est pas juste pour elle.*

— *Laissons-la être le lien entre nous.*

Je lui envoyai une image de notre femme, enroulée à côté de moi, la belle robe verte prolongeant la couleur de ses yeux. Ses joues roses, sa peau pâle et le tas de cheveux noirs. Ajoutés à son courage, ses sourires et son odeur, et elle devenait irrésistible.

Pour une fois, je n'eus pas besoin de ma langue bien pendue ou de mes charmes. Elle pouvait convaincre mon frère d'armes de réaliser son destin, d'une façon que je ne pouvais pas.

— *Si j'accepte, alors tu dois me promettre ça : nous la partagerons de manière équitable ou pas du tout,* répondit enfin Brokk.

— *Je ne peux pas la découper au milieu avec mon épée.*

— *Non. Mais tu la revendiqueras d'une façon, et moi d'une autre.*

Je m'attendis à ce qu'il coupe la connexion entre nous, et quand il le fit, j'allai jusqu'au mur et patientai jusqu'à ce que son ombre bouge sur l'herbe. Son contrôle restait fort. Il avait dépassé le brouillard et s'était arrêté pour tuer une proie. J'avais espéré qu'il aurait mangé avec nous, lui et moi

nourrissant Saule de morceaux de viande de choix, lui prou-
vant que nous pouvions prendre soin d'elle. Mais puisqu'il
était sustenté, je quittai Saule et le rencontrai avant qu'il
entre dans le cercle de feu.

— Brokk, quand tu dis que nous la revendiquerons tous
les deux...

Il présenta un plug sculpté en bois, modelé comme un
bulbe, avec une hampe étroite qui s'évasait à nouveau. Un
autre objet qu'il avait commandé au village, sans aucun
doute.

— Saule, appela-t-il.

Elle sursauta et se leva sur ses pieds, une trace d'enthousiasme dans ses pas quand il lui fit signe d'approcher. Brokk
planta sa main au centre de ma poitrine et me poussa hors du
passage. Je grognai et chancelai en arrière. Ma bête s'éleva
pour combattre et je pris un instant pour me calmer, m'appuyant contre le mur dans l'ombre.

— *Elle n'est pas prête*, dis-je. *Nous devons être doux.*

— Saule, j'ai un autre cadeau pour toi.

— Qu'est-ce ? demanda-t-elle en touchant la pièce polie
de bois que lui tendait Brokk.

— Ça va dans ton cul, dit Brokk.

Elle rougit et fit un brusque mouvement de recul de la
main.

— *Tu pourrais être plus gentil*, dis-je en lui lançant un
regard noir.

— Pourquoi, Leif ? dit-il tout haut. Ne préfères-tu pas
quand je suis sévère ? Je l'entraîne selon notre volonté, mais
quand la punition est finie, elle court dans tes bras, alors elle
tient à toi, mais pas à moi. Je pense que c'est ton plan.

Le regard de Saule se lança entre nous, des lignes plissant
son front.

— Idiot, dis-je d'une voix qui semblait retournée,
gutturale.

Brokk devait réaliser que je m'approchais de la perte de contrôle. Je serrai les poings et luttai pour rester vigilant. Mes ongles s'allongeaient déjà, se courbant en griffes, et la magie fourmillait le long de ma colonne, sur le point de me Transformer.

— Tu es celui qui choisit d'être grossier. Tu es celui qui nous repousse.

— Viens, Saule, dit Brokk en tournant le dos. C'est le moment de tester ton dévouement envers nous.

— Frère, soit gentil avec elle.

— *Tais-toi. Tu voulais que je revienne, je suis là. Tu te tiendras à l'écart pendant que je l'emmène jusqu'aux portes de l'extase, et au-delà.*

Sa main tomba vers son cul et le pressa au travers de la robe. Le doux bruit de surprise de la femme fit durcir ma bite.

— *Elle le veut. Elle désire ma domination. C'est moi qui la rassasie, pas toi.*

Ma vision devint noire pendant un moment, de la fourrure germant sur mes bras alors que la magie prenait le dessus. Je me repoussai contre le mur, luttant pour regagner l'avantage.

— *Nous devons être égaux dans ce domaine, Brokk.*

— *Égaux ? Je ne suis pas celui qui ne peut pas gouverner ma bête. Peut-être que je devrais l'emmener loin d'ici et te laisser, le roi solitaire du donjon en ruines.*

Je grognai et rigolai depuis l'ombre. Brokk poussa Saule en avant et tournoya pour me faire face. Sa hache fendit l'air vers moi. J'esquivai et saisis son bras. Nous nous battîmes, équivalents en taille, en poids et en force. Un combat entre nous ne se terminerait pas bien et nous le savions tous les deux. Nous nous lançâmes des regards noirs, bloqués dans une étreinte tendue.

— Stop, hurla Saule. Vous deux, arrêtez.

Sa voix résonna, un léger tremblement dans ses mots.

— Ne vous battez pas, dit-elle en s'avançant, agissant trop courageusement.

— Ouste, fille, grognai-je. C'est dangereux.

— Vous ne me ferez pas de mal, dit-elle d'un ton sec.

Après un souffle, Brokk et moi nous relâchâmes et reculâmes. Saule se déplaça entre nous.

— Que veux-tu de moi ? demanda-t-elle à Brokk.

— Tout. Ta soumission. Tes cris, tes supplications, ta volonté pliée devant la mienne.

— La nôtre, corrigeai-je.

— Très bien, dit-elle en acquiesçant.

— Fille...

— Je vais bien, Leif, rassura-t-elle en tendant une main vers le plug. Je vais le faire.

SAULE

— *J*e le ferai, répétai-je.

    — Va vers les fourrures, dit Brokk, sans quitter Leif des yeux. Déshabille-toi et agenouille-toi sur la couverture. À quatre pattes.

— Le cul en l'air, ajouta Leif.

Les deux guerriers relâchèrent un peu leur position, mais ne retirèrent pas leurs regards l'un de l'autre, leur entraînement de combattants trop enraciné pour qu'ils ignorent une menace présente. Je déglutis et me dépêchai de répondre à la demande de Brokk. Il semblait que mon obéissance était la seule chose les empêcherait de se mettre en morceaux.

Mon cœur cogna. Qu'est-ce qui les avait fait se battre. Que se passerait-il pour moi s'ils devenaient ennemis ? Est-ce que Brokk avait réalisé que sa réaction quand je lui avais demandé ce qu'il attendait de moi correspondait à celle de Leif ? *Tout,* ils avaient dit. Ces hommes voulaient tout ce que j'avais à offrir. Ils n'accepteraient rien de moins. Ils ne réclameraient rien de plus.

Je mis de côté les magnifiques habits qu'ils m'avaient donnés, tremblante d'anticipation. Ma chair luisait sous la lueur de la lune alors que je traversais les ruines. Étais-je assez jolie pour eux ? Un picotement le long de ma colonne m'informa qu'ils m'observaient, et quand je risquai un coup d'œil vers eux, ils parurent ne pas pouvoir arracher leurs regards. Leurs yeux dorés brillaient de cette lumière surnaturelle.

M'agenouillant, je m'installai en position, poussant mon cul en l'air.

— Bonne fille, dit Brokk, et je frémis de plaisir juste par son approbation.

Je mâchouillai ma lèvre alors que j'attendais avec l'arrière-train exposé, les genoux amortis par la peau. Mes cheveux tombèrent sur mon visage, jusqu'à ce qu'un des guerriers s'agenouille à côté de moi et les tire en arrière. Leif. Sa figure avait perdu la pression des derniers moments, mais il ne semblait pas jovial ou plaisantin. Il fit courir un pouce sur mes lèvres. Je les refermai dessus, le suçant tout comme lorsque j'avais donné du plaisir à sa bite la nuit précédente. Son regard devint chaud, et un coin de sa bouche monta en un sourire quand il enleva sa main. Je me détendis encore plus. Cela m'avait effrayée plus que je voulusse l'admettre quand la rage avait pris le dessus sur son charmant visage. Brokk, je m'attendais à ce qu'il soit sévère, réservé. J'avais pensé que j'avais percé son armure, mais leur dispute m'avait secouée.

Peut-être que j'avais bien quelque chose à offrir à ces guerriers. Ma douceur, mon abandon et mon acceptation de tout ce qu'ils feraient. Jusqu'à maintenant, toutes les expériences qu'ils m'avaient apportées m'avaient donné du plaisir. Je leur faisais confiance. Ils ne m'avaient pas encore déçue.

La main de Brokk passa en rafales sur mon dos.

— Adorable, murmura-t-il.

— Nous n'avons pas d'huile pour faciliter la traversée du plug, dit Leif. Qu'utiliseras-tu ?

— Ses propres jus.

Les doigts de Brokk touchèrent entre mes jambes. Il frotta mes lèvres inférieures bouffies.

— As-tu porté la ceinture toute l'après-midi ?

— Oui, Brokk, lui dis-je.

— Est-ce que cela t'a fait te sentir possédée, Saule ? T'es-tu languie et as-tu pensé à moi ?

— Oui.

Ma tête pendit plus bas. Avec la ceinture verrouillée autour de mes reins, chaque fois que ma chatte palpitait de plaisir, je me souvenais quand ils avaient posé leur création sur moi, protégeant mon sexe des caresses de n'importe qui à part des leurs. Et, chaque fois que j'y songeai, je me languissais à nouveau.

— Leif est indulgent. Il t'a libérée après quelques heures. Je te l'aurais fait porter toute la journée et toute la nuit. Te toucher serait mon privilège, et le mien uniquement. J'aurais retiré la ceinture pour te nettoyer et t'inspecter, et chaque fois, j'aurais chauffé l'eau et fait courir le linge sur chaque centimètre de ta peau. Quand je t'aurais lavée entre les jambes, j'aurais été si doux et si lent. Et s'il fallut que tu jouisses, tu aurais été punie.

Il pinça une de mes lèvres et j'aspirai un couinement. Sa voix était feutrée, respectueuse, comme s'il s'était glissé dans une transe. Je ne voulus pas briser le sortilège.

— Tellement humide, tellement prête, poursuivit Brokk. Il y a plein de miel ici à utiliser pour pénétrer ton cul.

— Continue avec, alors, grogna Leif, mais il ne parut pas en colère, juste avide.

Il s'agenouilla à côté de moi, sa bite directement au niveau de ma tête, pressant contre ses haut-de-chausses. Je levai ma main et la traçai d'un doigt taquin. Il attrapa mon poignet et hissa ma main jusqu'à sa bouche pour sucer le bout de mes doigts. Ses canines écorchèrent ma peau et je gémis.

— Du calme, fille. Nous avons beaucoup de chemin à parcourir.

Brokk fit courir un linge mouillé entre mes fesses, le pressant dans mon petit trou. Les investigations intimes me firent pendre ma tête d'embarras.

— Il n'y a rien dont être honteuse, dit Leif. Tes compagnons s'occuperont de toi et te nettoieront à l'intérieur et à l'extérieur.

Je ravalai une bouffée alors que Brokk trempait ses doigts entre mes lèvres inférieures, rassemblant l'humidité qu'il y avait et peignant la zone autour de mon trou du cul. Ses bouts de doigts poussèrent mon trou et je me serrai.

— Doucement, fredonna Brokk.

Son ton tendre me surprit. Expirant, je m'ouvris à lui, et son doigt glissa à l'intérieur. Il me façonna un peu, étirant les contours, jouant avec le rebord de mon orifice plissé.

— N'est-elle pas magnifique ? souffla Brokk.

Je clignai des yeux vers Leif, qui me fit un clin d'œil en retour, son sourire de retour à sa puissance maximale. La dure armure que portait Brokk s'était envolée, ce qui révélait l'homme passionné en dessous. Leif exposait toujours ses sentiments, mais Brokk les cachait comme un trésor que je devais découvrir. J'aimais les deux, mais je savourais l'aperçu de l'homme que pouvait être Brokk.

— Oh oui, elle est très mouillée. Elle aime ça.

— Non, gémis-je, et une main déposa une lourde gifle sur ma fesse droite.

— Sois bonne, me rappela Leif.

— Ce n'est pas bien, protestai-je.

Mon visage parut chaud. Je souhaitais pouvoir secouer mes cheveux vers le bas et me cacher derrière leur écran.

— Tu fais confiance à tes compagnons, dit Leif en empoignant mon menton. Nous faisons ça pour ton propre plaisir et le nôtre.

— Je parie qu'elle pourrait prendre son plaisir d'une stimulation ici.

Les doigts de Brokk s'enfoncèrent dans mon trou noir. La sollicitation fit papillonner les muscles de ma chatte, suppliant d'être remplis.

— Oh, ouais.

Alors que le doigt de Brokk baisait mon trou du cul, une boucle d'excitation s'enroula en moi, une boucle paresseuse qui serra mes muscles, annonçant mon orgasme.

Brokk continua de titiller mon orifice arrière alors que son pouce frottait à nouveau entre mes lèvres inférieures, collectant davantage de jus.

— Oh, non.

Ma bouche se détendit, les jambes tremblantes. Les caresses de Brokk ne m'ennuyaient pas autant que la pensée que je puisse jouir juste de l'indécente stimulation.

— Non, dis-je en baissant encore plus ma tête, cachant mon visage.

— Sois bonne, Saule, dit Leif. Sois une bonne fille.

Quelque chose de dur et de rigide sonda mon cul. Brokk me baisa lentement avec le plug, étirant le cercle de muscles raides. Je me serrai, essayant de résister et il pressa mon cul.

— Non, non. Ça va à l'intérieur. Nous ne souhaitons pas te faire de mal.

Il embrassa mon cul, sa barbe de trois jours chatouillant ma peau sensible.

— Détends-toi, petite prisonnière, dit Leif en caressant mes cheveux. Tu nous appartiens. Et c'est ce que nous désirons. Tu veux nous plaire, n'est-ce pas ?

— Oui, répondis-je en tournant ma tête pour embrasser sa main.

Mon plaisir monta, une marée inexorable à laquelle je ne pus résister. Brokk tenta mon orgasme avec une main entre mes jambes et l'autre poussant le plug dans mon trou du cul.

Au final, il appuya fort et passa le bulbe en bois dans mon canal étiré. Je me tortillai un peu, mon orifice se serrant autour de l'objet étranger, ma chatte pleurant comme une folle. Le plug ne bougea pas. Je soupirai et laissai ma tête tomber sur les peaux.

— Voilà, fille, dit Leif en caressant mon cou. C'est fini, et sans trop de gémissements. Maintenant, quoi ?

— À présent, nous l'enfermons de nouveau dans sa ceinture. Nous apprécions l'hydromel et nous la faisons nous servir pendant qu'elle mijote un peu.

— Non ! protestai-je en me cabrant, et Brokk m'attrapa.

Gloussant, il m'attira dans son giron, une main encore entre mes jambes, son autre empoignant ma poitrine.

— Non ? Est-ce ta place de nous donner des ordres ?

Il fessa un sein, et puis l'autre. De légères gifles enjouées, assez fortes pour les faire palpiter de désir.

Ma bouche tomba bée, mes lèvres fonctionnant, mais aucun son n'en sortit. Mon orgasme rôda hors de portée. Le plug poussa dans mon cul alors que j'étais assise sur la cuisse ferme de Brokk, et quand j'essayai de m'éloigner en luttant, il consigna mon derrière contre lui, me bourrant. Ma chatte vide pleura.

— Bientôt, tu seras remplie par nous deux. Aimerais-tu ça ? Regarde Leif et dis-lui.

— Oui, gémis-je.

Leif avait sorti sa bite à présent, il la caressa doucement alors qu'il observait Brokk retenir mes hanches se tortillant.

— Nous te revendiquerons tous les deux. Je prendrai un côté et Leif prendra l'autre. Nous te baiserons entre nous et te remplirons de notre semence. Puis, nous te remettrons la ceinture, indigente et en manque. Tu nettoieras nos queues avec ta bouche et savoureras nos plaisirs comme le tien.

C'était si sale, si mal, pourtant mon orgasme monta plus

vite que je pus le freiner. Ses doigts jouèrent dans mes plis palpitants.

— Aimerais-tu ça, Saule ? Nous prendrons soin de toi, te laverons et t'habillerons, et tresserons tes cheveux. Nous te garderons en sécurité, mais chaque jour tu te languiras, et chaque nuit tu ouvriras ton corps à nous. Tu resteras pour toujours une prisonnière de nos désirs.

Un cri déchira ma bouche, un son passionné et sauvage résonnant dans les ruines. Le plaisir chevaucha mon corps, le secouant comme un arbre dans une tempête. Seuls les bras puissants de Brokk me retinrent.

Un hurlement tranchant de Leif me dit qu'il s'était soulagé. Sa semence gicla au sol et m'envoya voler une nouvelle fois. La main de Brokk sur ma chatte, la ferme poitrine dans mon dos, et les lèvres à mon oreille me gardèrent en sécurité sur terre, chaque caresse conduisant plus profondément le plaisir, l'enracinant dans mon âme même.

— Oh, Saule, Saule, Saule.

Brokk leva ses doigts humides à ma bouche. Avec un petit miaulement, je nettoyai mon musque de ses doigts. Il tourna ma tête vers lui avec un poing dans mes cheveux et écrasa ma bouche contre la sienne. Sa voix ardente et ses caresses envoyèrent des répercussions courir en moi. Je bus vivement son désir sauvage, un arbre sortant de la sécheresse, trouvant de l'eau sans fin pour rassasier sa soif. Et quand il eut fini de piller ma bouche, il pressa son front contre le mien.

— Nous ne te prendrons pas ce soir, mais bientôt. Tu seras prête pour nous.

* * *

ILS FIRENT comme ils avaient dit, et davantage. Me mettre dans la ceinture de métal, me faire aller leur chercher de l'hydromel, me prendre dans leurs bras et me donner des gorgées de leurs coupes avant de me faire asseoir sur leurs genoux pour les téter.

Ils souriaient tous les deux, détendus, presque jovial ensemble.

Alors que la lune atteignait son zénith, Leif me ramassa. Dans ses bras, je sombrai dans le sommeil comme une chute en eaux profondes. Les hommes murmurèrent l'un à l'autre, rigolant, ne se battant plus.

Je rêvai que je me tenais sur le lac et avançai dans l'eau. Marchai-je ? Volai-je ? J'étais un oiseau aux ailes blanches, m'enfuyant à travers l'étendue noire pour trouver refuge sur l'île. Quand j'y atterris, je ne fus pas seule.

Sous le saule, une femme était assise habillée de blanc, ses cheveux noirs dégringolaient le long de son dos. Elle parut familière. Son visage était jeune, mais ses yeux étaient intemporels.

Elle me fit signe d'approcher. Alors que je m'avançais, son visage pâle et l'inclinaison de sa tête me rappelèrent la statue que j'avais priée pendant de longues heures à l'abbaye.

Mes jambes tremblèrent, mais elle leva une main, le petit sourire sur son visage me calmant.

Quand je me tins à ses côtés, nous nous penchâmes toutes les deux au-dessus du bassin à nos pieds. Le reflet saisit mon regard. Des images vacillèrent à la surface. Brokk se tenait au sommet d'une montagne, le brouillard tourbillonnant autour de lui. Dans l'ombre, Leif était adossé contre le mur du château, ses yeux brillants et les membres couverts d'une fourrure noire tel un monstre.

Quand je tendis la main pour toucher l'eau, les images partir en tournoyant, ne laissant rien à part le reflet de la lune.

Et je réalisai que je n'avais plus peur de mes chaleurs.

* * *

Je clignai des yeux, sortant du rêve.

— La lune, dis-je. Elle est pleine.

Brokk et Leif se turent. Les deux avaient parlé, rigolé, plaisanté, au lieu de se disputer. J'avais prié pour la paix, et la déesse avait répondu.

Mes pensées se troublèrent un instant, se mêlant à mon rêve. Je me souvins ce que j'avais vu dans le reflet du bassin sous le saule. J'avais vu Brokk se tenir sur la montagne, seul. Leif dans l'ombre, se tapissant alors qu'il combattait le monstre. L'un seul, l'autre au bord. Moi, au milieu. D'une certaine façon, j'étais la réponse.

— Est-ce que ça va ? demandai-je.

Je me levai. Lentement, je soulevai l'ourlet de mon fourreau et laissai tomber l'habit. Les deux hommes furent debout quand il heurta le sol.

— Saule, grinça Brokk. Tu n'as pas à faire ça.

— Je le veux, dis-je, nue, en avançant vers l'avant. Je veux vous satisfaire.

— La lune plie ton esprit, observa Leif en jetant un coup d'œil vers le ciel.

— Je me fiche de la lune, dis-je en balançant mes hanches alors que je marchais. Tout ce que je souhaite est devant moi.

Je léchai mes lèvres pleines, et caressai mes seins. Mes doigts palpèrent les orbes pâles jusqu'à ce qu'ils fourmillent. Je pinçai mes mamelons.

— Stop, résonna la voix de Brokk. Ce n'est pas à toi. Seuls, nous, pouvons te donner l'autorisation de les toucher.

J'inclinai ma tête sur le côté.

— Bien, alors, ronronnai-je. Ai-je la permission ?

BROKK

— *Q**ue penses-tu ?* me demanda Leif.

Mon corps entier se tendit, tirant de toutes ses forces pour avancer vers le sien. Je savais qu'il ressentait la même chose.

— *Comment est ton contrôle ?*

— *Bon*, dit Leif. *Mais cela pourrait ne pas durer longtemps.*

— Va vers les fourrures, ordonnai-je à Saule. Touche-toi, comme tu l'as fait la nuit dernière.

— Tu ne jouiras pas, lui rappela Leif.

Elle bouda un peu, mais acquiesça et se dirigea vers sa place, son cul tremblotant alors qu'elle marchait. Ma bite bondit dans mes haut-de-chausses.

— Notre petite prisonnière est une dévergondée, observa Leif.

— Elle est tout ce dont nous avons besoin.

Mais à l'intérieur, je ressentis du froid. Pouvais-je faire cela ? Pourrions-nous la marquer pour toujours ?

Saule se posa sur les peaux, ses jambes écartées, sa main courant de haut en bas de ses lèvres inférieures roses et dodues. Elles seraient douces et soyeuses au toucher, comme des pétales de rose. Elle titilla sa nodosité du plaisir avec un doigt, puis laissa sortir un petit gémissement sexy. Et je pris ma décision.

— À quatre pattes.

Je m'agenouillai devant elle et libérai ma bite alors qu'elle se précipitait en position.

— Nous ne serons pas doux, prévins-je.

Elle lécha ses lèvres, une fois, et ouvrit sa bouche, assez grande pour m'engloutir. Elle suça jusqu'à ce que ses joues se creusent. Mes muscles se nouèrent alors que je mettais toute ma volonté pour me retenir de m'enfoncer fort dans sa bouche.

Leif s'agenouilla derrière elle. Touchant ses plis humides, il trouva ses points sensibles et les taquina sans merci. Elle geignit autour de ma queue alors qu'il l'envoyait par-dessus bord.

— Parfaite, dis-je et je poussai mes hanches, baisant son visage pendant que Leif la doigtait jusqu'au bord à nouveau.

Ses gémissements s'échappèrent autour de ma bite alors que Leif s'installait à l'entrée de sa chatte vierge.

Je sortis ma verge et saisis son menton.

— Tiens-toi prête, fille.

Elle acquiesça.

Leif grogna alors qu'il sombrait à l'intérieur.

— Si serrée.

— Bonne fille, lui dis-je. Tu pourras prendre ton plaisir aussi souvent que tu le souhaites ce soir.

Me penchant vers le bas, je picorai ses lèvres. Elle le transforma en un véritable baiser. Elle inclina la tête et suça mes doigts quand je m'éloignai.

— S'il te plaît, souffla-t-elle, me suppliant.

Je serais tombé si je n'avais pas déjà été à genoux. Elle me voulait autant que Leif. Elle me désirait. Il n'y avait pas d'erreur au regard dans ses yeux.

Leif poussa lentement en faisant des aller-retour. Avec un dernier baiser, je guidai une nouvelle fois sa bouche sur ma bite.

— Prêt ? demandai-je à Leif.

Ensemble, nous la baisâmes, nous balançant en aller-retour, d'avant en arrière en une parfaite synchronisation. Des gouttes de sueur perlèrent sur son dos. Je les enlevai de la main.

— Si chaude, si prête pour nous, grogna Leif.

Notre rythme s'accéléra. Nous la martelâmes plus fort jusqu'à ce que j'avoisine le bord. Du plaisir étincela en moi. Tout se serra alors que je me préparais à tirer ma semence dans sa bouche. Leif frappa sa hanche droite, et puis l'autre. Elle geignit autour de ma verge, et je pétai presque les plombs.

— Par les couilles d'Odin, haletai-je.

Leif rigola. Il saisit ses hanches et finit par une série de poussées. Une seconde plus tard, elle passa à nouveau par-dessus, gémissant. Je sortis de sa bouche et giclai sur son visage. Attrapant son menton, je l'embrassai une nouvelle fois, me goûtant sur ses lèvres.

Elle haletait, s'affaissant dans les peaux.

— Oh non, dit Leif et il conduisit ses hanches en l'air pour que son cul soit érigé vers le ciel.

Il se pencha vers le bas pour mettre sa bouche sur elle. La nuit venait juste de commencer.

* * *

Nous la mangeâmes et la suçâmes jusqu'à l'aube. Quand la lune fuit et l'étoile du matin sortit, Saule dormait entre nous.

— Ça a commencé, dit Leif en me passant l'hydromel.

J'acquiesçai. Nous avions attendu plus d'un siècle pour

cette nuit-là, et à présent le jour se levait sur le reste de nos vies. Est-ce que son amour pour nous durera ?

— Oh non, dit-il en secouant un doigt dans ma direction. Visage de Pierre, ne fait pas la tête.

— Vous disputez-vous à nouveau ? demanda-t-elle en s'éveillant.

— Non, mordis-je. Viens, laisse-nous te laver.

— Je veux dormir, dit-elle en se frayant un chemin dans les fourrures.

Je la soulevai, les peaux et tout, et marchai à grandes enjambées vers le lac. Elle hurla quand je l'envoyai dedans et elle en sortit en lançant des regards furieux.

Leif rigola jusqu'à ce que je le plaque. Nous luttâmes sur la plage. Il me tira dans l'eau jusqu'aux genoux avant que je ne le jette dedans.

Puis, Leif et Saule sautèrent tous les deux sur moi. Je n'osai pas résister, par peur de faucher Saule, et cette fois ils me trempèrent. Elle s'enveloppa autour de moi. Saule s'accrocha à mon dos alors que je nageai. Je plongeai et la regardai s'éloigner en nageant, ses cheveux répandus en une toile noire.

L'après-midi passa comme dans un rêve.

— Que souhaiterais-tu plus que tout, fille ? questionna Leif quand nous fûmes assis en haut du mur.

Elle restait nue à notre demande, les cheveux séchant lentement. Je les peignai avec mes doigts et les tressai. J'adorais la toucher.

— *Je me souviens quand tu ne voulais pas l'approcher.*

Leif leva un sourcil dans ma direction. J'avais laissé mon esprit ouvert pour lui. J'ignorai son commentaire, mais ne fermai pas notre lien.

— Bien, Saule ? relançai-je en soulevant un sourcil. Parlenous des désirs de ton cœur.

— M'assurer que mes amies sont en sécurité.

— Elles le sont. Je te le promets. Nous irons à la montagne bientôt et les verrons.

— Pourquoi attendons-nous ?

— Il y a une chose que nous désirons faire avant de partir, déclarai-je en élevant les cheveux de son épaule et touchant l'endroit où nous la marquerions. Cela arrivera bien assez tôt.

— Y a-t-il quelque chose d'autre que tu souhaites ? De la viande, du poisson, une pomme, du fromage ? questionna Leif en cochant ses doigts.

— Quelqu'un a faim, rigola-t-elle, puis elle devint plus sérieuse. Il y avait une fille à l'orphelinat. Une amie. Son nom était Noisette.

— *Noisette. Le nom est familier,* commenta Leif.

— *Oui. C'est la compagne de Knut.* Noisette va bien, dis-je tout haut à Saule. L'un de nos guerriers l'a sauvée à l'extérieur de la grotte du Roi Cadavre. Elle a accepté notre ami Knut comme son partenaire.

Saule cligna des yeux en me regardant, sa poitrine se soulevant et chutant rapidement.

— Nous aurions dû te le dire plus tôt. Elle allait t'envoyer des nouvelles, pour que tu saches que nous allions venir, mais le Roi Cadavre est devenu plus puissant, et nous n'avions que quelques jours pour prendre l'abbaye.

— Noisette est en vie ? répéta Saule comme si elle n'avait rien entendu d'autre de ce que j'avais dit.

— Et heureuse, apaisa Leif. Elle est à la montagne avec son partenaire.

Elle secoua la tête, des larmes dans ses yeux.

— Par le souffle d'Odin, grommelai-je. Viens là, fille, avant que tu tombes du mur.

Je l'attirai dans mes bras. Elle m'enlaça fortement.

— Merci, dit-elle. Merci.

— Les Berserkers veilleront sur toutes tes amies, Saule, tout comme nous veillerons sur toi.

* * *

— *Nous devons nous accoupler et la marquer, bientôt,* me dit Leif alors que le soleil baissait dans le ciel. *Je sens ma bête. Je suis au bord de mon contrôle.*

— *Très bien.*

J'ignorai l'anxiété remuant à l'intérieur. Leif avait raison. Mieux valait que nous la revendiquions maintenant, avant qu'il ne soit trop tard.

— *Tu es d'accord ?* demanda Leif semblant surpris et soulagé.

— *C'est celle pour nous,* dis-je, et je le pensais.

J'étais tombé amoureux de Saule. J'avais perdu mon cœur quand je l'avais d'abord vu sur la route. Elle avait froncé les sourcils quand nous l'avions prise en sandwich entre nous, mais l'air s'était chargé avec le goût prononcé de son excitation.

Je déglutis fortement. L'amour avait grimpé en moi, se faufilant entre mes défenses. C'était presque assez fort pour me faire oublier mon ancienne blessure.

Presque.

Je sentis du soulagement quand mon frère d'armes alla chercher du bois pour le feu, nous laissant seuls, Saule et moi. Pour une énième fois, je maudis le lien fraternel. Je m'y étais habitué au fil des années, mais Saule me faisait me souvenir une nouvelle fois de ma haine. Leif m'avait dit que nous la partagerions, mais, dans le passé, quand j'avais partagé, il avait pris ce qui était à moi.

— La lune sera pleine à nouveau cette nuit, commentai-je.

— Elle décline, corrigea-t-elle.

— C'est à peu près la même chose.

Je la soulevai, appréciant la sensation de son petit corps mou contre le mien. Elle fit filer ses mains le long de mes bras, évaluant le muscle lisse, faisant un détour pour examiner une cicatrice. Je retins mon souffle alors que ses doigts trouvaient leur chemin vers mon visage, traçant ma mâchoire carrée et mes épais sourcils. Je n'étais pas bel homme, mais elle me touchait avec la même vénération qu'elle avait donnée à Leif jusqu'à ce que je me penche et l'embrasse.

Quand mes lèvres quittèrent les siennes, elle enroula ses bras autour de moi avec un soupir.

— Heureuse ? demandai-je.

— Je... hésita-t-elle. Oui, je le suis. L'es-tu ?

— Je resterais ici pour toujours, si c'était sûr, grognai-je.

Quand Leif partirait pour chasser, je prétendrais que Saule était à moi, et à moi seul.

Elle fronça les sourcils et sembla détecter mes pensées.

— Pourquoi te querelles-tu avec Leif ?

— Quoi ?

— Au début, je pensais que tu ne m'aimais pas, mais c'est lui que tu n'apprécies pas.

— Tu ne devrais pas dire de telles choses.

J'essayai de l'ignorer, mais elle garda ses bras verrouillés autour de mon cou.

— Pourquoi pas ?

— Ça s'est passé il y a bien longtemps, fille. C'est rien.

Elle renâcla.

Je me levai et la déposai. Elle me laissa partir, mais me suivit quand je fis quelques pas pour m'éloigner d'elle.

— Je ne souhaite pas parler de vieilles blessures.

— Elles n'ont pas guéri, dit-elle doucement.

— Très bien.

Des roses rouges poussaient le long du mur du château.

J'en coupai quelques-unes et lui en tendis une. J'arrachai le reste, pétale par pétale.

— Avant de me transformer en bête, j'aimais une femme, dis-je. Nous avions planifié de nous marier, mais je l'ai écartée quand je suis devenu un Berserker, bien que j'eusse un grand contrôle de ma bête, je ne risquerais pas sa vie. Elle avait également un penchant pour Leif, comme toutes les femmes.

J'essayai, mais ne parvins pas à enlever l'amertume de mon ton.

— Une nuit, elle m'a convaincu de la partager. Je ne voulais pas, mais j'aurais tout fait pour la rendre heureuse. Elle m'avait dit que rien ne pourrait briser son amour pour moi. Je les ai regardés ensemble...

Ma gorge se ferma. Je ne pus pas en dire plus.

Saule vint et enfila son bras dans le mien.

— Brokk, tu es si seul. Je sais ce que c'est d'être seule.

— Laisse-moi te raconter le reste de l'histoire, continuai-je en m'éclaircissant la gorge. Une nuit, je suis revenu à ma cabane, et Leif et elle étaient allongés ensemble.

— Qu'as-tu fait ?

— Que pouvais-je faire ? Je suis parti.

— Tu pars toujours, appela Leif, arrivant derrière le mur incurvé de pierres.

Je tournoyai pour lui faire face, détestant qu'il me prenne par surprise. Je voulais savoir à quel point il avait entendu, mais je ne toucherais pas son esprit pour le découvrir.

— Et tu mens toujours, dis-je. Je suis parti parce que te confronter aurait fait venir ta bête. Je t'ai défié plus tard et tu lui as mis la responsabilité dessus. Tu as été chanceux que j'aie tant de contrôle. Si ça n'avait pas été le cas, nous nous serions battus, et les Alphas nous auraient tués.

— Je n'ai pas...

— Silence ! J'ai supporté le fardeau de ta bête toutes ces

années, aussi bien que le mien. Je te méprise, crachai-je. Tu es un lâche.

Le visage de Leif s'assombrit. Sa peau ondula comme s'il allait se Transformer.

— Attention, frère.

— Je ne suis pas ton frère. Le lien que nous partageons ? Je souhaite qu'il n'existe pas.

— Brokk, dit Saule.

Ses petites mains tirèrent mon bras.

Je l'ignorai.

— J'aurais dû te laisser mourir. Ça m'aurait rendu justice.

— Non, s'exclama Saule en horreur. Brokk, tu ne veux pas dire ça.

— Si.

— S'il te plaît, supplia-t-elle en tendant la main vers moi.

— Va à lui, lui dis-je en la repoussant.

Elle chancela à la force et Leif l'attrapa.

— Qu'est-ce qui ne va pas avec toi ? grogna-t-il.

Le choc glaça les traits de notre femme. Je n'avais jamais perdu mon calme avec elle, j'avais toujours eu le contrôle. Je me sentis honteux.

— Tu seras contente avec lui, dis-je à Saule, et je partis.

JE ME DIRIGEAI vers la montagne, puis fis un détour et je flânai sans but jusqu'à arriver à un champ de fleurs sauvages.

Je me souvins comme si c'était hier, du combat qui avait forgé le lien. J'avais été en colère, avide de me battre. Pendant que je combattais, entouré par de nombreux hommes, une lance avait fait une voûte vers moi. Elle aurait trouvé son point dans mon cœur si Leif n'avait pas jeté son bouclier et ne l'avait pas déviée de sa course. Il m'avait fait un clin d'œil et j'avais grogné, pas de remerciement, mais d'agacement. Je lui devais une dette d'honneur, et quelques heures plus tard, je la paierais.

Nous combattions en tant que mercenaires, servant les rois des Terres du Nord qui revendiquaient les îles loin au nord. La force opposée ne pouvait pas se tenir devant nous, mais ils avaient un géant, un homme avec une grande force. Il ne faisait pas le poids face aux Berserkers, mais ils l'avaient envoyé avec de nombreux autres guerriers contre notre petit groupe. Ils avaient lancé des filets sur Leif et l'avaient piégé. Leif lutta pour ne pas perdre le contrôle. Dans la dernière bataille, cinq combattants n'avaient pas été capables de retrouver leurs esprits. Les Alphas avaient arrêté leur fureur, en arrachant les cœurs des guerriers de leurs poitrines. Seul un Berserker peut tuer un Berserker.

J'avais observé alors que le géant prenait Leif au collet pendant qu'il se débattait sur son flanc. Alors que la hache du géant s'abattait, j'avais bloqué le coup. L'épée de Leif déchira le filet et prit la tête du géant. Il avait sauvé ma vie. J'avais sauvé la sienne. Le lien s'était formé, nous connectant à jamais. Mon ennemi, mon frère d'armes que je méprisais pouvait à présent atteindre mon esprit.

— *Brokk, reviens.*

Le cri vint si faiblement, que ça aurait pu être un écho, mon propre esprit essayant de me tenter.

— *Brokk, s'il te plaît. Nous avons besoin de toi. Nous ne pouvons pas survivre sans toi.*

Des mensonges, que des mensonges.

Je vagabondai sur les pentes couvertes de bruyère et l'appel de Leif s'estompa. Je pouvais retourner vers les collines en courant et joindre les Alphas. Je leur dirais de m'envoyer à nouveau me battre. Je trouverais les Hommes Gris et en tuerais autant que je pouvais avant de tomber. Saule irait bien avec Leif. Peut-être que c'était la raison pour laquelle le lien d'accouplement se formait entre une triade, si un Berserker mourait, l'autre prendrait soin de sa compagne.

— *Brokk... non...*

Depuis la plus haute colline, je regardai le brouillard se rapprocher. Je plissai les yeux. Il se dirigeait vers le château en ruines.

Au final, je n'avais pas besoin de partir pourchasser l'ennemi. L'ennemi était venu à nous.

* * *

JE COURUS AUSSI VITE que je le pus. Le brouillard se ferma autour de moi comme un poing. Parfois, il m'étouffait comme une épaisse fumée, mais je m'enfonçai, appelant Leif.

— *Frère ? Où êtes-vous ? Sors Saule de là !*

La tour cassée se profila devant et j'entendis un hurlement s'échapper. Saule avait des ennuis.

Je doublai ma vitesse et je bondis sur le garde-fou à temps pour voir Leif attaquer.

Reculée dans un coin, Saule tenait une branche qu'elle avait arrachée du feu. Elle cria une nouvelle fois, agitant son arme de manière impétueuse vers le monstre qu'était devenu Leif.

— Non, Leif ! beuglai-je alors qu'il avançait vers Saule.

J'ouvris le lien entre nous.

— *Ne perds pas le contrôle. Pas maintenant. Nous avons attendu si longtemps.*

Se recroquevillant, Saule secoua sa torche de fortune vers le monstre et Leif donna un grand coup pour la retirer de sa main, ses griffes étirées pour ratisser sa chair sans défense. Je le plaquai, la force l'envoyant de l'autre côté de la cour. Nous finîmes tous les deux en roulant, grognant. L'air même autour de nous crépita alors que je combattais Leif et la Transformation. Le brouillard suintait dans tous les coins, recouvrant le donjon d'une épaisse couche. Les sorts du Roi Cadavre contrôlaient la simple météo.

— Saule, criai-je alors que je tenais tête à mon frère d'armes, rien excepté de la folie ne brûlait dans ses yeux dorés.

Les griffes de Leif me fauchèrent et attrapèrent mon épaule, laissant de grands sillons sanglants le long de mon bras. Je rugis de douleur et la bête prit le dessus.

SAULE

*J*e me tapis contre le mur, me pressant dans les pierres tellement fort que ma colonne me fit mal.

— Pars ! ordonna Brokk, mais je ne pus pas bouger.

Il esquiva et slaloma, repoussant Leif. Je hurlai alors que la bête noire qui avait été Leif fonçait sur Brokk, le faisant tomber sur son dos devant lui. Les puissantes jambes de Brokk firent voler Leif, l'envoyant dans l'épais brouillard, hors de vue.

— La brume, hurla Brokk. C'est la réalisation du Roi Cadavre. Elle attaque l'esprit.

Son visage humain disparut, sa mâchoire se prolongeant, de la fourrure couvrant sa peau alors qu'il se transformait en monstre.

— La bête, aboya-t-il. Cours.

Le grognement de Leif résonna à travers les ruines. Je tournoyai et courus, ignorant le grognement atroce d'un prédateur manquant sa proie.

Je désobéis et je m'arrêtai pour jeter un coup d'œil en arrière. Sur le mur du château, deux hommes se tenaient dans une posture de combat alors que le brouillard tour-billonnait autour d'eux. Ils étaient égaux en taille et en force. Se valant de manière égale. L'un ou les deux ne survivraient pas au combat.

Et je serais seule. Seule comme m'avait laissée ma mère. Seule pour toujours. Même si je trouvais mon chemin pour retourner à l'abbaye, je vivrais parmi les ruines et hanterais le village vide...

— *Le Roi Cadavre... attaque l'esprit.*

Ce n'étaient pas mes pensées. Ou si elles l'étaient, le désespoir était de ma propre confection. Je pouvais juste aussi facilement le faire partir.

Mon esprit se dégagea.

— *Bien joué, Saule.*

La voix suave appartenait à la Dame du Lac. L'eau avait arrêté les Hommes Gris. Peut-être que je pouvais prendre refuge là.

La brume me suivit, descendant comme un nuage depuis le donjon. Elle me submergea et je toussai alors qu'elle obstruait mon nez et ma gorge.

Derrière moi, une chouette étrange résonna.

— *Vite, Saule. Le lac.*

Avec un nouveau but, je trébuchai sur quelques carcasses d'oiseaux sur le sable. Le brouillard empoisonnait tout ce qu'il touchait. Enlevant mes habits, je courus dans l'eau et y plongeai.

* * *

L'EAU SE DIVISA, alors même qu'elle reflétait les terribles évènements sur la rive, deux hommes, plus proches que des frères, se battant pour se tuer l'un l'autre. Le pire était arrivé. Ils avaient perdu le contrôle. Le Roi Cadavre éliminerait mes gardiens, et puis viendrait pour moi.

Je nageai et nageai, la brume sur moi, un voile interminable. Je nagerais jusqu'à couler, et mourrais comme mes amours. Le Roi Cadavre ne me prendrait pas.

Je criai presque quand mes pieds heurtèrent le sol. Je rampai sur le rivage de la petite île entourée de brouillard, l'île de mes rêves.

La brume ne me suivit pas alors que je trébuchai sur les rochers couverts de lichen. Je tremblai de froid. Je devais me réchauffer. Une centaine de pas m'amenèrent au centre de l'île, vide excepté quelques arbres et des buissons bas. Je n'entendis aucun oiseau.

Je m'enfonçai dans les arbustes et arrivai dans le cercle de cailloux entourant un géant rocher plat. Je m'affaissai dessus. La pierre fredonna sous mon contact comme une vieille amie, me réchauffant. Je me penchai au-dessus de la fossette de la roche qui portait une fine couche d'eau de pluie. Le liquide ondula et remua, mais, quand il se calma, je vis la femme de mes rêves. Elle parut plus jeune, mais c'était elle.

— Aidez-moi, suppliai-je. Je ne suis pas assez forte pour les stopper.

— Qui t'as dit ça ? demanda-t-elle, sa voix musicale, se fondant, étrangement familière.

— S'il vous plaît. Ils se font mal l'un l'autre. Donnez-moi quelque chose pour combattre la brume et les arrêter.

— La seule arme de la brume est ton esprit. Dégage-le de tout excepté de ton amour, et tu peux triompher.

— Je ne sais pas comment.

— Tu le sais, Saule. Toute ta vie tu as désiré cet amour. Ne t'en coupe pas.

Le reflet s'obscurcit et se clarifia une nouvelle fois. Mes hommes se battaient encore sur la plage, les griffes déchirant la peau de l'autre, du sang coulant des blessures.

Alors que je regardais, Leif rugit et attaqua. Je m'exclamai. Au dernier moment, Brokk tomba à genoux et chargea vers le haut. Le guerrier roux s'arrêta, la bouche ouverte en un cri silencieux. La bête recula alors que Leif croisait les yeux de son frère. Le visage de Brokk était un masque terrible alors qu'il faisait face à son frère, les bras tendus dans une quasi-étreinte. Il se leva et Leif tomba vers lui. Du sang gargouilla de sa bouche. Les griffes de Brokk l'avaient transpercée, un coup fatal.

— Non ! hurlai-je et je me ruai hors du bassin.

Assez de cachettes. Je devais rester avec mes guerriers, même si c'était uniquement pour tenir Brokk en regardant Leif mourir.

Sans une pensée, je me précipitai dans l'eau, dérapant sur le chemin éclairé par la lune comme si le lac était solide, comme du verre noir. Je courus directement vers la rive. Le brouillard s'écarta devant moi.

— *Le lien, Saule. Connecte-toi à eux.*

J'ouvris mon esprit. Une seconde plus tard, toute la douleur se déversa en moi. Une torture. Pas celle de Leif. Celle de Brokk.

— *Pardonne-moi, mon frère.*

Le guerrier au visage émoussé s'agenouilla aux côtés de son beau-frère d'armes.

— Tu l'as sauvée.

Davantage de sang bulla de la bouche de Leif. Ses cheveux en étaient trempés.

Je dérapai vers la rive.

— Oh non, sanglotai-je.

De près, la blessure de Leif paraissait tellement pire. Du sang baignait les deux hommes. Les mains de Brokk étaient tachées de noir comme le cœur d'une rose. Ses griffes avaient été assez profondes pour découper le cœur de Leif hors de sa poitrine. Quel homme pouvait survivre à une telle blessure ?

Je me jetai à genoux, mes mains sur la plaie.

— Non. Non.

— Je suis désolé.

Le coin de la bouche de Leif bondit, comme s'il essayait de sourire.

— Non, non, shhh, le fis-je taire, en pleurant.

Le brouillard tournoyait autour de nous, balayé par un vent glacial. De la neige tomba du ciel cuisant, un temps étrange approprié pour un monde devenu fou.

— *Brokk. Je t'ai trompé il y a des années,* sonna la voix de Leif dans ma tête, bien que ses lèvres ne bougeassent pas.

Brokk secoua la tête.

— *Ta femme ne me voulait même pas. Elle voulait te rendre jaloux. C'est la raison pour laquelle elle m'a séduit. J'étais faible.*

Les yeux de Leif s'élargirent et il haleta de douleur.

— C'est oublié, frère. Pardonné. Je t'en ai voulu trop longtemps. Pour ça, je suis désolé.

— *Ne fermez pas votre cœur à l'amour,* nous dit Leif à tous les deux. Promettez-moi.

— Frère, s'il te plaît, supplia Brokk en s'agenouillant. Tu ne peux pas mourir. Je te l'interdis. La guérison va commencer. Je me suis ouvert au lien... ce sera suffisant pour te sauver.

— *Garde Saule en sécurité.*

— Leif, non, reste avec moi.

Mes mains étaient trop menues. Je ne pus pas juguler le flux de sang.

— À l'aide, criai-je. Nous avons besoin de plus d'aide !

— Bien si ce n'est pas une belle image.

Une femme blonde apparut au travers de la brume, marchant vivement.

Elle était petite et avait un air ordinaire jusqu'à ce qu'elle vienne plus près. Son visage était anormalement lisse et sans rides, son expression fixée comme un masque.

— Qui êtes-vous ? grogna Brokk, se jetant en avant vers elle.

Une pichenette de sa main et il se figea sur place.

— Reste à l'écart, rugit-il, mais il ne sembla pas pouvoir bouger.

Je poussai mon corps sur celui de Leif.

— Non.

— Viens, Saule, dit la femme en s'agenouillant à côté de moi. Je suis là pour aider. Laisse-moi regarder la blessure.

La vie de Leif se vidait alors que nous parlions. Il n'y avait pas de mal à la laisser voir. Elle ne pouvait pas le tuer une deuxième fois.

— Qui es-tu ? coassai-je.

— Elle est la sorcière, Yseult, dit Brokk, toute sa colère avait disparu. Les Alphas l'ont envoyée. Peux-tu l'aider ?

— Tu as fait un bon travail pour le tuer, dit Yseult d'un ton sec.

Elle secoua la tête d'un mouvement brusque tranchant.

— Tu es le seul à pouvoir le sauver.

— Comment ? demanda Brokk en se jetant à nos côtés.

— Donne-lui le sang de ton cœur. De la même façon que tu te transformerais. Cela consolidera le lien entre vous. Il utilisera ta force pour guérir.

— Ta chance d'être libéré... de moi, dit Leif en saisissant son bras.

Brokk enleva la main faible de son frère d'armes comme si elle ne pesait pas plus qu'une mouche.

— Et essayer de séduire Saule sans ton hideux visage ? À côté de toi, je suis presque beau.

— Vite, à présent, prévint la sorcière.

Je grimaçai et me tournai à moitié alors que Brokk plongeait ses griffes dans sa propre poitrine.

Yseult regarda attentivement, l'excitation illuminant sa figure.

— Soulève-le, laisse-le boire.

La sorcière lécha ses lèvres.

— S'il vous plaît, suppliai-je la sorcière. Ne me laissez pas les perdre tous les deux.

— Tu ne le feras pas.

Mes sanglots me secouèrent. Brokk se pencha sur Leif, un bras sous le roux, le maintenant comme dans une étreinte finale.

Le brouillard bouillonna autour de nous, les boucles essayant de nous saisir, se dissipant quand elles touchèrent la sorcière.

Au final, Yseult se leva et je me remuai, me souvenant de respirer.

— C'est fait.

Brokk s'avachit et roula sur le côté, faisant face à Leif.

— Est-il... commençai-je, mais je n'osai pas finir la question.

— Vois par toi-même, dit Yseult en désignant Leif.

Sous le sang coagulé, la plaie de Leif s'était fermée. Le guerrier blessé respirait un peu bruyamment, mais sa couleur ne correspondait plus à la pâleur de la mort.

— Frère, grinça Brokk.

Sa propre lésion avait guéri. Je sanglotai plus fort à la vue des larmes dans ses yeux.

L'air semblait s'épaissir et se figer.

— Viens, Saule, m'appela la sorcière. Laisse-les un moment et marche avec moi.

Je me levai aussi et m'immobilisai. Des centaines de flocons de neige étaient suspendus dans l'air. J'en touchai un, et il grésilla un peu en fondant. Le reste dériva vers le bas comme des plumes.

Le temps avait ralenti.

— Yseult... as-tu... ?

— Je me suis assurée que Brokk sauve son frère à temps. Ce fut entièrement de son fait... avec excepté un peu d'aide. Viens.

Avec réticence, je quittai les guerriers et allai avec elle jusqu'au bord du lac.

— Ils auront besoin de toi, me dit Yseult. Ils se querelleront toujours. La brume du Roi Cadavre peut seule s'attaquer à un esprit faible. Ta puissance et la magie du lien les garderont fort.

Je déglutis fortement, voulant demander comment je pouvais aider les combattants d'une telle façon.

— Tout de même, continua Yseult. Je ne resterais pas ici plus longtemps qu'une nuit et une journée. Pas plus, au cas où l'ennemi envoie ses serviteurs.

— Est-ce que le Roi Cadavre est proche ?

— Il est toujours attaché à sa tombe, mais son pouvoir grandi. Je n'ose pas voyager près de son territoire. Il m'attraperait et absorberait mon essence. Même maintenant, je ne dois pas m'attarder.

— Tu pars ? Mais qu'en est-il de la brume ?

— Tu as tout ce dont tu as besoin pour la vaincre. Ta peur, ton désespoir alimente le sort. Le brouillard déchaîne leurs bêtes, car leurs côtés monstrueux essaient de les protéger avec sa rage.

— Mais la bête ne les protège pas. Elle leur fait perdre le contrôle.

— Trop de force peut être une faiblesse. Tu vas devoir leur apprendre comment tempérer leur bête.

— Moi ?

— Il y a une chose qu'ils partagent, une chose qu'ils chérissent par-dessus tout.

— Qu'est-ce ? questionnai-je en me demandant si elle parlait d'un objet, quelque chose de leur terre natale, ou une arme d'une grande valeur.

Yseult me regarda avec un air impatient.

— Toi, Saule. Tu peux cicatriser le lien entre eux, et vous serez tous les trois comme un seul être.

Je mordis ma lèvre.

— Mon travail ici est achevé.

Yseult fit un signe décontracté de la main vers les ruines. Leif et Brokk se tenaient toujours dans l'ombre. Brokk se pencha sur le guerrier récupérant, en serrant sa main avec les deux siennes.

— Merci, dis-je. Je suis reconnaissante que tu sois venue. Mais, toi...

Je m'étranglai et secouai la tête.

— Comment as-tu su où nous trouver ?

— Les Alphas m'ont envoyée. Mais je vous ai repéré au travers du brouillard quand j'ai senti ta magie.

— Ma magie ?

— Oui.

— C'était la déesse.

Je lui racontai la vision de la femme sur l'île.

— Ce n'était pas la déesse, sourit-elle, une expression étrange sur son visage inhumain.

— Alors qui était-ce ?

— Regarde.

Yseult ramassa un bâton et le bougea au-dessus de la surface de l'eau.

Le temps accéléra une nouvelle fois. La brume se dégagea, fuyant dans la forêt.

— Regarde à nouveau dans le lac.

Elle désigna le liquide noir immobile.

Fronçant les sourcils, je le fis. Le vent chiffonna l'eau, mais sous les ondes l'image était claire.

— C'est elle. La Femme du Lac.

Je me tournai vers Yseult, mais elle avait disparu.

Le reflet à mes pieds était la femme que j'avais rencontrée sur l'île, qui avait partagé sa sagesse et m'avait prêté sa force. Une femme avec des cheveux noirs, des yeux verts et un grand pouvoir. Moi.

* * *

— SAULE, appela Brokk.

Je marchai vers lui et fis planer ma main au-dessus de la coupure en cicatrisation, puis me tournai vers Leif. Le guerrier était toujours sur son dos, posé sur une pierre, mais sa couleur était revenue. Sa peau portait les traces du coup mortel de Brokk. Je m'effondrai à côté de lui. Brokk m'attrapa, pendant que Leif caressait mes cheveux. Ils restèrent silencieux jusqu'à ce que je me redresse.

— La sorcière est partie ?

— Yseult est partie, oui.

Je leur dis ce qu'elle m'avait expliqué.

— Nous devons bientôt fuir cet endroit, dit Leif en se redressant.

Il paraissait lui-même, autre que ses haut-de-chausses déchirés et sa peau tâchée de rouge.

— Pas si vite, frère, dit Brokk. Tu dois te reposer.

— Je peux voyager, protesta Leif, mais Brokk secoua la tête.

— Je suis aussi vidé. Laisse-nous nous replier à un endroit sûr où nous pouvons rester la nuit. En plus, je souhaite passer un peu de temps à renforcer le lien.

Et, il me regarda avec de la faim dans ses yeux.

— Ah, oui, frère, sourit Leif, montrant ses crocs. Où devrions-nous nous reposer pour la nuit ?

— Je connais un endroit.

Je contemplai l'eau jusqu'à la petite île qui était apparue hors du brouillard.

* * *

LA NAGE FUT longue et froide, rendue plus lente, car les guerriers portaient leurs sacs en dehors du liquide, mais nous émergeâmes propres de sang. Leif s'arrêta en râlant à propos du froid quand je fis remarquer que nous pouvions enlever nos vêtements pour les sécher plus vite. Brokk et lui semblèrent aimer l'idée que nous nous étendions nus tous les trois près du feu.

Je l'appréciai également.

— Regarde-la, frère, murmura Leif, une fois que le brasier rugissait assez haut pour lancer une lumière dorée sur l'eau. N'est-elle pas adorable ?

— Elle l'est, dit Brokk. Et elle est à nous.

Il jeta un autre rondin sur le feu et épousseta ses mains.

— Viens là, Saule.

La lueur des flammes joua sur ma poitrine et la crevasse de mon sexe alors que j'avançais. Je me balançai entre eux, laissant mes hanches descendre et pivoter à chaque pas, attirant les yeux des combattants.

— Diablesse, grogna Brokk.

Aussitôt que j'approchai, il m'attrapa, ses mains rugueuses couvrant ma taille, ses pouces frottant le bas de mes lourds seins. J'attendis, mais il ne parla plus, il se pencha et posa juste sa bouche chaude sur mon téton tendu. Je fermai mes mains en poing dans ses cheveux, le tenant contre ma poitrine alors qu'il réchauffait ma chair.

— *Est-ce ce que tu voulais ?* chuchota-t-il dans mon esprit.

— Oui, soupirai-je.

Ma tête tomba en arrière alors que ses crocs me rayèrent légèrement, pas assez profonds pour tirer du sang. Ses lèvres apaisèrent la douleur. Il répéta ça sur l'autre sein. Les genoux faibles, je chancelai vers l'arrière contre un torse ferme. Le bras de Leif enroulé autour de ma taille alors qu'il me supportait.

— Nous allons te revendiquer ce soir.

Sa langue toucha mon oreille, en traçant le bord sensible.

— *Tu nous supplieras pour te baiser, pour ne jamais te laisser partir.*

J'arquai ma tête et cherchai ses lèvres, une main attirant Brokk vers ma poitrine, l'autre se tendant pour tirer Leif vers ma bouche. La bite de Leif explora mon cul, faisant se languir ma chatte.

— Voilà, Saule.

Brokk retomba sur les peaux et je me drapai sur lui. Leif suivit, s'agenouillant dans mon dos. Nous bougeâmes dans une danse douce et sinueuse, nous balançant ensemble comme si nous n'étions pas trois corps, mais un seul.

Les doigts de Brokk sondèrent ma chaleur humide. Je ne perdis pas de temps à glisser sur son manche large et long, mordant ma lèvre et fredonnant en profondeur dans ma gorge alors qu'il s'installait profondément en moi.

— Bonne fille, dit Leif en caressant mon dos.

Je n'avais pas de mot. Nous n'en avions pas besoin. Brokk et moi nous embrassâmes alors que Leif répandait mon fluide soyeux sur mon trou du cul. Son plus petit doigt me fit trembler, ma bouche s'ouvrant alors que la sensation devenait trop forte. Brokk m'étudia.

— Tu nous prendras tous les deux.

Il pinça mes tétons et je me contractai sur sa bite.

— Doucement.

Leif me stabilisa, me renversant sur Brokk pour qu'il puisse titiller la fente de mon derrière.

— Elle est serrée, dit-il à Brokk.

— Elle va devoir porter le plug plus souvent, pour être prête pour nous.

Je grognai.

— Et la ceinture de métal, ajouta Brokk.

Je me balançai sur sa queue, pressant mes muscles internes pour le distraire de son plan sournois.

— Elle aime ça. N'essaie pas de nous dire le contraire, Saule. Tu viens juste de te répandre sur ma verge.

— Pousse contre mes doigts, dit Leif.

Il entra en moi, étirant mon trou du cul serré jusqu'à ce que je halète de la sensation. Ma tête s'agita d'avant en arrière. Je ne pouvais pas penser, ne pouvais pas respirer, ne pouvais pas bouger avec l'épaisse bite dans ma chatte et les trois doigts de Leif dans mon cul. Quand il les retira et les remplaça avec sa queue, je gémis.

— Du calme, me fit taire Brokk. Nous ne te ferons pas de mal.

Mon souffle partit en un jet. Leif s'enfonça à l'intérieur. Les deux verges frottèrent contre mes plis internes, une boucle sans fin de sensation.

— Par les couilles d'Odin, jura Brokk.

— Ça va, Saule ? murmura Leif.

Mes tétons devinrent douloureusement lourds, mon être entier palpita d'empressement. Mes hommes me remplissaient, mais j'en voulais plus.

— Baisez... baisez-moi.

Leif répondit avec une poussée qui me jeta contre la poitrine de Brokk. Les bras du guerrier vinrent autour de moi, me tenant immobile alors que le roux baisait mon cul avec tout le feu et l'intensité qu'il souhaitait. Brokk me maintint, m'apaisa et me berça tendrement.

Des crocs piquèrent mon cou, d'autres mon dos. Avec la douleur, du plaisir me découpa, une explosion féroce qui fit trembler mon corps et provoqua mes hommes. Un par un, ils jouirent et leur plaisir se déversa en moi par le lien. Je haletai, me noyant et je fus défaite.

Avec des cris, les hommes me remplirent de leur semence. Nous échangeâmes du plaisir en aller-retour, la connexion brûlante alors que nos orgasmes frappaient comme la foudre.

Quand nous eûmes fini, je touchai les lèvres de Brokk, me demandant comment nous existions encore.

— *Était-ce réel ?*

— *Oui,* dit-il en embrassant le bout de mes doigts. *C'est réel. Et c'est pour l'éternité.*

— *Je te sens,* Saule, dit Leif en se blottissant contre mon cou en sueur. *Je vous sens tous les deux, Brokk et toi.*

Brokk sourit.

Une brise rafraîchit nos chairs enfiévrées, et puis ils recommencèrent à consolider le lien. Et quand ils eurent fini, nous dormîmes sous les branches du saule penché sur nous, telle une mère regardant son enfant.

* * *

La fin

LIVRE GRATUIT

Obtenez un livre secret sur les Berserkers, Imprégnée par les Berserkers (seulement pour les extraordinaires fans de la liste d'emails de Lee) Pour commencer, rendez-vous ici…
https://geni.us/BredBerserkerFR

LA SAGA DES BERSERKERS

Vendue aux Berserkers
Unie aux Berserkers
Imprégnée par les Berserkers (disponible seulement pour les
extraordinaires fans se trouvant sur la liste d'envoi de Lee
https://geni.us/BredBerserkerFR)
Prise par les Berserkers
Donnée aux Berserkers
Revendiquée par les Berserkers
Sauvée par les Berserkers
Capturée par les Berserkers
Kidnappée par les Berserkers
Liée aux Berserkers
La Nuit des Berserkers

L'Héritage des Berserkers
Possédée par les Berserkers

Apprivoisée par les Berserkers
Maîtrisée par les Berserkers

LES GUERRIERS BERSERKERS

Ægir
Siebold

À PROPOS DE L'AUTEUR

Lee Savino a l'intention de conquérir le monde, mais la plupart du temps, elle n'arrive même pas à trouver ses clés ou son téléphone, alors elle préfère encore rester chez elle et écrire des romances smexy (smart + sexy). Elle adore le chocolat, passe sa vie en pantalon de yoga et porte les chapeaux comme personne.

Pour de bonnes tranches de rigolade, rejoignez son groupe sur Facebook en anglais, Goddess Group, ou rendez-vous sur **https://geni.us/BredBerserkerFR** pour vous inscrire à sa news-letter et recevoir un livre gratuit.

Site web : www.leesavino.com
Facebook Goddess Group :
https://www.facebook.com/groups/LeeSavino/

TOUJOURS PAR LEE SAVINO

Romance contemporaine

Bad Boy Royal

Je ne suis pas du tout en train de tomber amoureuse de mon arrogant et agaçant dieu du sexe de patron. Non. Absolument pas.

Royally Fake Fiancé

Le duc de Nouvelle-Arcadie a un problème d'image que seule une fiancée peut régler. Et je suis la petite veinarde qu'il a choisie pour jouer les Cendrillons.

La belle & les bûcherons

Après cette saison au camp des bûcherons, j'arrête complètement de baiser. Parce que : j'ai mes raisons.

Papa à moi

Mon héros marin sexy veut que je l'appelle « papa »...

Romance paranormale

La Saga des Berserkers

Vendue aux Berserkers

Rien ne pourra empêcher ces féroces guerriers de revendiquer leur compagne.

Alpha Bad Boys

Le Tentation de l'Alpha avec Renee Rose

Mon loup veut la marquer et en faire sa compagne, mais elle est humaine et délicate : elle ne survivrait pas à une morsure de métamorphe.

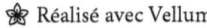